普天之下・盡是好書

普天出版家族
Popular Press Family

凌雲文創
A-Plus Creative Company

你在黑夜中閃耀

YOU SHINE
IN THE DARK NIGHT

陪你走完愛的最後一里路

或許我們所愛的每一個人、每一件事，有一天都會離我們而去，
但是相愛過的痕跡，卻會以各樣的形式停留在我們身上。

再長的夜，再深的黑，你在黑夜中閃耀。

暢銷愛情作家
黎詩彥

【名家推薦】

這是一本讓人邊看邊流淚，看完後嘴角卻會浮現笑意的書

每一段感情、每一種關係，最後只會有兩種結果：不是「生離」，就是「死別」。

或許我們早該練習說再見，練習把每一天都當成最後一天來活，練習無論如何都不放開手，陪著摯愛的人走完愛的最後一里路。

暢銷愛情作家黎詩彥寫作二十年來，最感人也最悲慟的眞實故事！黎詩彥以細膩的筆觸，敘述短短一年之內，先生從發現罹癌到驟逝、留下三名幼兒的經歷，帶領讀者走過驚濤駭浪、生死交關的每一刻，道出陪病者一言難盡的心路歷程、送別摯愛的複雜感受，同時翻新對幸福的定義、生命的價值，傳遞滿滿的正能量。

知名主持人　高怡平　真心推薦：

非常男女，有緣千里！每對夫妻都是因緣分而結合，但步入婚姻後的生活，卻是幾家歡樂幾家愁。

婚姻和人生一樣，一定會遇到挑戰，然而，在困境和苦難中，如何找到喜樂的秘訣、面對困難的勇氣，以及永不改變的盼望呢？相信讀者會在詩彥的故事裡找到答案！

知名主播、主持人　夏嘉璐　真心推薦：

詩彥是我主持「眞情部落格」至今三年多的時間裡，唯一一位訪了兩次的來賓。第一次，她有先生陪著，一起分享了個性天差地遠的兩人，如何藉著信仰，克服婚姻裡的難題；但再次見她，卻只剩詩彥一人，成了得獨自養育三個

年幼女兒的單親媽媽。

同樣都有三個女兒，她的故事我聽著，本就特別揪心，現又看著她以文字記錄下的點滴心情，更是感觸良多。

或者你正爲婚姻觸礁心傷，也可能正巧是無援無助的單親爸媽，相信都能夠在詩彥的故事裡，得著更多昂首前進的力量！

《親子天下》雜誌編輯　林胤孝　真心推薦：

這是一個看了會令人有力量的故事！

採訪詩彥的過程中，最讓我感動的是，這段一般人多半避而不談的經歷，她卻願意如此眞實地分享，只爲了幫助其他單親、類單親或有相似處境的人。她說，這年頭很流行曬恩愛、說自己的好，但她認爲，我們可以暴露自己軟弱的地方，讓有類似經歷的人知道，自己並不孤單。

非常動人、有力量！

• 作者序 •

愛的最後一堂課

我等到的不是雨過天青的快樂結局，而是愛的最後一堂課——「離別」。我的人生彷彿墜入谷底，本該愁雲慘霧，但是我卻在最深的黑夜中，遇見了最閃耀的星星。

• 黎詩彥

二十年前的一個夏夜，剛上大學的我，受邀到心理學教授的家裡作客。那一晚，七、八個同學擠滿了老師家的客廳，老師問大家：「對於未來有什麼想法？畢業後想要做什麼？」

這也是我第一次認眞思考這個問題，我心想，有什麼事情是我願意窮盡畢生之力，一直做下去，並且樂此不疲的呢？

我回答，同時也向自己宣告：「我想要成爲一個說故事的人。」

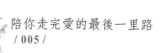

二十年來，藉由文字創作，我說了一個又一個故事。

我擅長寫愛情勵志文章，不是因爲我比別人更懂愛、更懂兩性相處的智慧，相反的，我的感情一路走來都不是太順遂，正因爲摔得重、跌得深，我也從中摸索出療傷的秘訣。

對於沒有婚約束縛的人來說，失戀療傷的方法無他，萬流歸宗，離不開一個中心思想，就是「愛自己」。

但是，這個準則在進入婚姻後，似乎不容易落實。因爲在婚姻中，多了許多責任和限制，除了「愛自己」，我們還必須把愛分給配偶和孩子。孩子是自己的骨肉血脈，怎能不愛？配偶是「另一半」、「自己人」，我們要如何在「利他」和「利己」之間取得平衡？

我們必須面對一個現實，就是結了婚的女人，很難「愛自己」。當發生「婚內失戀」、和另一半的感情出現瓶頸，或是生活遇到挑戰時，被家庭、孩子、傳統價值等綁住的已婚女人，該如何破繭而出、療傷止痛，並且找到自己的幸福？

我始終在尋找這個答案。

結婚前，我是個很懂得「愛自己」的現代女性，結婚後，我才明白，婚姻的本質，不是一＋一＝二，而是五十％＋五十％＝一。夫妻想要合而爲一，就必須先把自己縮小一半，放下一半的自己，這樣才能享受婚姻中一○○％的幸福。

等到有了孩子以後，我更是恍然大悟，「媽媽」這工作，根本不是人幹的！媽媽每天從睡醒張開眼睛，就是繞著孩子轉，等到孩子睡著，媽媽還得操勞家務，一直忙到深夜，好不容易終於可以上床睡覺了，睡沒多久，孩子又醒了……

「有了孩子，就沒了自己。」相信這是許多媽媽共同的感慨。

步入婚姻短短幾年，我從「愛自己」淪落到「沒了自己」，看似犧牲很多、失去很多，但我卻從中學到，什麼是不求回報的給予、無底限的饒恕、無條件的愛。

原來，愛可以如活水江河般源源不絕，由心生出，只要我常常與造物主至高的愛連上線，靠著那加給我力量的，在一切事上、一切情況下，或豐富、或缺乏，我都得到了幸福的秘訣。

原來，「愛自己」，不是用各種享受來滿足自己，以為這樣就是對自己好一點；而是常保知足和感恩的心，口裡時常說出頌讚的話語，才是真正善待自己的方式。

走過新婚的磨合期，我終於找到了一套婚姻的「求生法則」，算是通過了愛的初階測驗。想不到，上帝卻在這時候，為我量身訂做了一份重量級的「愛的功課」。

我的先生從確診羅癌，到舉辦喪禮，剛好是整整三百六十五天。在這一年的時間裡，我獨力照顧孩子、服侍病榻上的另一半，頻頻進出醫院，還要扛起大部分的家計，我所承受的壓力大到令我麻木，只能在無邊的黑夜裡，滿心期盼黎明的到來。

然而，我等到的不是雨過天青的快樂結局，而是愛的最後一堂課——「離別」。我的人生彷彿墜入谷底，過去所付出的努力轉眼成空，看似一無所有，本該愁雲慘霧，但是我卻在最深的黑夜中，遇見了最閃耀的星星。

不管你相不相信，在這世界上，有一份永恆的愛，一直都在。

生命很短，愛卻悠長。

或許我們所愛的每一個人、每一件事，有一天都會離我們而去，但是相愛過的痕跡，卻會以各樣的形式停留在我們身上。

送走了摯愛的人，我也正式揮別青春，步入中年。

看盡潮起潮落，經歷了夢醒時分，值得慶幸的是，人生的波濤起伏，沖刷不了我的初心，我仍然是二十年前，那個一心想要說故事的人。

這一次，我要說的，是發生在我們家的真實故事，這是一個關於「愛」和「天堂」的故事。

01.

上帝啊，我眞是受夠了

對於先生陰晴不定的情緒，我只想逃避。我在心裡築起一道道的防衛牆，一邊小心翼翼地避免踩到先生的地雷，一邊獨力照顧兩個孩子。

……患難生忍耐，忍耐生老練，老練生盼望。

——《羅馬書》

王子和公主結婚後，過著幸福快樂的日子，一直到……愛情的魔法解除，王子和公主摘下了面具，這才發現，王子原來是一隻醜青蛙，公主的心裡其實住著一位壞巫婆。

浪漫的愛情童話故事逐漸變調成「青蛙和巫婆的庸碌日常」。

比起大多數人的婚姻，是從新婚時甜如蜜的偶像劇，慢慢轉型成平淡如白開水的肥皂劇，我覺得我的婚姻更像是一齣災難片……

「我眞是受夠了！」我在心裡呼喊著，但我知道，不會有人聽到，只有上帝聽得見，但是祂始終沉默著，不回應我。

我的小女兒躺在我的懷裡，她已經七個多月大了，還沒睡過夜。每天晚上，我至少要起來兩次，安撫寶寶入睡。自從小女兒出生後，連續七個月，我沒有一個晚上可以好好睡覺，我的人生願望僅剩下「讓我可以連續睡上五小時吧」！然而，這麼卑微的願望，卻遲遲無法實現。我的疲倦，沒有人知道，只有上帝知道，但是祂似乎也沒有想要照著我的意思，聽我的指揮。

我關上房門，熄了燈。客房裡傳來一些聲響，我知道我先生還沒有睡。因爲寶寶半夜會哭鬧，我先生已經有好長一段時間都睡在客房了，留我在夜裡獨自和寶寶奮戰。我一個人照顧新生兒日夜難眠的疲累，難道他不知道嗎？他應該要知道，但是，我想他並不知道……

這是我們結婚的第五個年頭，我們走過了新婚的磨合期，也捱過了好幾次瀕臨離婚邊緣的風暴，我們對於彼此的性格都很清楚，也決定要接納對方所有的不完美，堅守當初在紅毯上的約定，繼續走下去。

第二個孩子的到來，對我們來說是一份珍貴的禮物，自從第一個孩子出生後，我和先生殷殷期盼了四年，好不容易才又有了第二個寶貝。我們以無比感恩的心情，歡迎二寶加入我們的家庭。

原本以爲有了兩個孩子，幸福一定會加倍，沒想到二寶出生沒多久，我先生就像變了一個人似的，太多地方令人感覺奇怪，但是又說不出個所以然。他變得冷漠，對許多事情都不太有反應，但是對於新聞中的抗議事件，又顯得義憤塡膺，以前看電視只看電影台和體育台的他，一反常態，每天準時收看政論節目，跟著電視上的名嘴一起批判社會，吸取滿滿的負能量。

過去他是個一百分的爸爸，向來非常疼愛孩子，但是現在，他卻經常對孩子生氣。大女兒坐沒坐相、走路碰碰撞撞，小女兒半夜不肯睡覺、不明原因的哭……每件大事小事都能令他生氣。

一開始，我以爲是家有新生兒，長期睡不好，所以他才會變得易怒，但是漸漸的，我發現他不只是脾氣暴躁，甚至還有認知方面的偏差，根本無法溝通。

比如說，我希望他也能撥出一些時間，幫忙照顧寶寶，讓我能有時間休息。他立刻生氣地回應我：「妳說這話是什麼意思？難道我都沒有幫忙、我都沒有照顧孩子嗎？」

「我知道你也有照顧孩子，但是你和孩子玩的時候，我還是在旁邊，不能休息。」我耐著性子和他解釋：「我需要你分擔一些時段，並且提早告訴我，讓我也可以有一些屬於自己的時間。」

「我聽不懂，妳可不可以很明確地告訴我妳要我怎麼做？」他一副不耐煩的樣子。

我回答：「給我時間表。」

或許是我的用字遣詞不夠精確，也或許是我沒有擺出好臉色，當這句話從我口中說出來，彷彿我投出來的是一顆炸彈一樣，空間裡的氣氛，頓時風雲變色。

我先生無法置信地看著我，氣憤地說：「什麼叫『給我』？妳爲什麼要這樣對我說話？爲什麼要命令我！」他氣到全身發抖，我也被他極度情緒化的反應嚇到了。

「給我」安靜！「給我」閉嘴！「給我」去做……我知道我先生很不喜歡這樣命令的口氣，但是我說的「給我時間表」，指的是一個動作，不是一個命令句啊，他怎麼會分辨不出來，硬是要錯誤地去解讀呢？

我開始懷疑……我先生有精神病！

此時，五歲的大女兒希希原本在客廳安靜地玩耍，嗅到爸爸媽媽之間的火藥味，趕緊跑過來，坐到我腿上，小小聲地問我：「爸爸爲什麼這麼生氣？一定是爸爸心裡有『小黑黑』，所以才會這樣對不對？」（「小黑黑」是兒童主日學的用語，意思是「魔鬼」。）

我抱著她，哽咽著，眼淚從眼角不停滑落下來。

我上網搜尋關於「躁鬱症」的知識：「躁鬱症，又稱躁狂憂鬱症，是一種可能導致患者情緒、精神及功能不穩定的大腦失調症。」

這十分符合我先生的狀況，只是，我該如何勸他去接受治療呢？

我向一位擔任精神科醫師的朋友求助，這位醫師認識我，也認識我先生。我去到他的診所，向醫師說明了我先生的狀況，醫師聽完後，沉默了一會兒，然後，他告訴我：「前一陣子，妳先生也來找過我，他說，他懷疑妳精神有問題……」

這下子，真是鬼打牆了！到底有精神病的人，是我先生還是我自己？

其實，這個世界上，每一個人某種程度上都有精神病，大部分的精神病都可以被控制和治療，唯有一種病無藥可救，那病叫做——「別人都有病」。

火山爆發後，是一陣烏煙瘴氣、餘煙裊裊，沉睡休眠片刻，接著又是下一次的火山爆發……

遇到一座不定時爆發的火山，該怎麼辦？當然是「趕快逃」，離他越遠越好！

對於先生陰晴不定的情緒，我只想逃避，深怕又要再面對下一次的衝突。我在心裡築起一道道的防衛牆，一邊小心翼翼地避免踩到先生的地雷，一邊獨力照顧兩個孩子。

縱然心裡有好多的委屈，但是現在的我已經累到不想爭，也不想吵了，因爲我每天都在和時間賽跑，過著一刻不得鬆懈的「碼錶人生」，經常還得要一手抱著寶寶餵奶、一手敲電腦鍵盤趕工作。工作讓我可以暫時遠離現實，也讓我得以藉由和同事、客戶之間的人際互動，證明自己是個「精神狀況都還算正常的人」！

這樣的狀態持續了一段時間，我用沉默退讓換取寧靜和平，希望能化解和先生之間緊繃的情緒張力。

我們各過各的生活，刻意和對方保持距離。

原本以爲經過一段時間的沉澱後，我們的關係會有所改善，但是我先生似乎把自己關在一個小世界裡，在家的時候，幾乎都不說話。

有一次，我看到他的手上有一道滲著血的傷痕，試著想表達關心。我問他：「怎麼受傷了？」

他只是一臉茫然地看著我，彷彿我說的是外星語。

他還在生我的氣嗎？我也不知道我是哪裡又惹到他了！結婚這些年以來，他一旦生氣，就會好幾個禮拜不和我說話，但我知道，他心裡其實還是很在意我。然而，這一次，似乎和從前不太一樣，他似乎把我隔絕在他的世界之外了。

隨著冬天來臨，我們家的氣氛也降到冰點。趁著先生的生日，我精心安排全家人一起到「東方文華」吃法國菜爲他慶生，希望我們的關係能夠破冰。但是，他只是默默地把餐桌上的飯菜掃光，和孩子玩，卻對我不理不睬，彷彿我是隱形人一樣。

對於我的用心安排，他連一句「謝謝」也沒有對我說。我看著飯店門口璀璨華麗的聖誕樹，強忍著心裡濃濃的失落感……

上帝啊，我眞是受夠了！

02.

跌入黑暗的深淵

想到這些日子以來，身體和心理各方面所承受的煎熬，原以為這應該已經是極限了，沒想到這只是序曲，明天的日子如何？我想都不敢想……

祂因那擺在前面的喜樂，就輕看羞辱，忍受了十字架的苦難，便坐在上帝寶座的右邊。

——《希伯來書》

「比起我所受的，妳受的這些，算什麼呢？」我夢見耶穌被釘在十字架上，釘痕的雙手流著鮮血。祂用關愛的眼神，看著我。

「我知道，我現在只是被我先生罵一罵和當空氣而已，根本不能和祢在十字架所受的苦相比。但畢竟祢是神，我是人，我的容忍度本來就很有限啊！」我生氣地反駁。

「所以，我不會給妳超過妳所能承受的。」耶穌說。

神說的話，總是無懈可擊。當神說話時，人最好虛心受教，不要頂嘴，只是，我的心裡還有許多化不開的結。

我忍不住問耶穌：「祢說的沒有錯，但我還是不明白，爲什麼我要忍受這一切？」

「這就是我爲妳量身規劃的功課——一份愛的功課。」

我想起聖經上對於「愛」的詮釋，第一句即是：「愛是恆久忍耐。」眞正的愛，必須經過考驗，有所犧牲，不只是「享受」，更是「忍受」。神愛世人，所以願意爲了世人忍受被釘在十字架上的痛苦，而我又有多愛我的先生？願意爲他忍受多少呢？

「問題就在這裡！到底我要忍耐到什麼程度？難道無論我先生怎麼對待我，我都只能隱忍到底嗎？」

此時，耶穌教了我一個忍耐的訣竅，「不要一直去看妳自己忍受了多少，去想想我在十字架上所受的。十字架的苦，也代表著十字架的愛，每當妳覺得自己忍不下去時，就仰望我的十字架，去想想我有多愛妳。」

耶穌用祂的愛，裝滿我的心，好滿好滿，從心裡到眼睛，滿到化為淚水，滿溢出來。

愛的力量十分奇妙，當人覺得被愛，就會忘卻痛苦，這也是基督信仰可貴的地方。

「我知道了，謝謝祢為我上十字架，謝謝祢這麼愛我。」

「別忘了，我也愛妳的先生。我在十字架上，不只為妳而死，也為了他而死。」

好吧，看在耶穌的份上，我願意繼續忍受這個婚姻！

當我調適好心態，蹲好馬步，準備繼續鍛鍊忍功時，事情似乎也有了轉圜的餘地。

先生主動從客房搬回了主臥室，他對我說：「我有點頭痛，可不可以幫我按摩一下？」或許他也察覺到自己前些日子，對我的態度實在太糟糕了，所以才想用這招，替自己找台階下吧！

我用精油幫他按摩了頭部和肩頸，他的頭痛舒緩了一些，得以入睡。

但是，第二天醒來，他的頭又開始痛了，還出現了一些鼻塞、喉嚨痛等類似感冒的症狀，我建議他趕快去看醫生。

他去了我們常去的耳喉鼻科診所，醫生懷疑是帶狀皰疹，吃了幾天的藥，還是不見改善。他又去看了附近大醫院的神經內科，醫生問診後說，沒什麼異狀，應該是壓力太大，多休息就會好。許多親友也熱心介紹各處的名醫，但是都找不到原因。

一家私立醫院的醫生安排他去照電腦斷層，但是排隊要排上兩個禮拜。在等待期間，先生的頭痛一天比一天加劇，痛到眼睛看不清楚，幾乎只能躺在床上。

「怎麼會突然間頭痛得那麼厲害？該不會是腦裡面長東西吧？如果是長東西，醫生應該早就發現了，不是嗎？」我用薄弱的醫學知識猜測著，試圖安慰先生，也安慰我自己。

「我覺得……我痛到……快死了。」

先生痛到連說話都很吃力，打電話向他學醫的弟弟求助，弟弟連忙開車載他去台北榮民總醫院掛急診。我因為要接大女兒放學，所以沒有陪他去。

傍晚時分，我接到弟弟的電話，他說：「醫生檢查出來，哥哥得了肺腺癌四期，已經轉移到腦部，所以才會造成頭痛，他需要立刻住院。」

我花了好幾秒鐘，才理解弟弟的話，在這一刻之前，我從來沒有想過我們會和癌症扯上關係。

我先生一向身體很好，學生時期是得過全國比賽獎牌的田徑選手，當兵時是特戰部隊。他精力旺盛，飲食講求健康，沒有抽菸、喝酒等任何不良嗜好，就算偶爾感冒生病，也仍然精力充沛，從來沒見過他臥床休息，家族裡也沒有癌症的遺傳史，這麼健康的人，怎麼會得癌症？

來不及處理心中複雜的情緒，我把大女兒安頓在親戚家，把小女兒背在身上，直奔北投的「台北榮民總醫院」。

在車上，我想到兩個孩子，一個快五歲，一個才十個月大，剛剛要學說話。想到這麼小的孩子，可能會失去爸爸，我不禁感到心酸和悲傷。想到這些日子以來，我在身體和心理各方面所承受的煎熬，原以爲這應該已經是極限了，沒想到這只是序曲，正式的考驗還在後面。

明天的日子如何？我想都不敢想……

一人照顧兩個孩子還不夠，現在還要再照顧生病的先生？我能承受得了這麼多的擔子嗎？

萬一我承受不起，我倒了，孩子怎麼辦？這個家又將面臨什麼樣的處境？無數的憂慮念頭從我的腦海中閃過，我像是跌入了深淵，四周被黑暗包圍著，不知道該往哪裡走，也不知道這黑暗會持續多久。

「上帝啊，我該怎麼辦？」我在心裡無聲地吶喊，知道現在唯有上帝能夠救我脫離這片黑暗。

「別忘了，我不會給妳超過妳所能承受的。」上帝的話像是一片羽毛落在我心上，平撫了我的心。

我不知道明天如何，但我知道是誰在掌管明天。

不知道哪來的勇氣，我告訴上帝：「既然這是祢爲我量身訂做的劇情，祢是編劇，我就要看祢會給我一個什麼樣的結局！」

03.

原來死亡如此靠近

怎麼也沒想到，我們在結婚典禮上互許的誓言，竟然這麼快就要兌現！我的先生病情似乎不樂觀，原來死亡如此靠近，而我們卻一直沒有發現。

> 上帝為愛祂的人所預備的是眼睛未曾看見，耳朵未曾聽見，人心也未曾想到的。
>
> ——《哥林多前書》

我和我先生的愛情故事，是從某一年的聖誕節開始的。

我先生是個做事認眞、非常優秀的工程師，一路打拼，靠著自己的努力，累積了一些財富，卻不幸遭遇金融海嘯，千萬家產瞬間腰斬再腰斬，轉眼成空。

想到自己多年來，爲了工作犧牲了愛情，也放棄了夢想，到頭來，結果卻還是令人失望，究竟人生的目標是什麼？生命是掌握在誰的手中？什麼才是眞正値得花心力去追求、永遠不會改變也不會失去的財寶呢？

抱著這樣的念頭，我先生接受了一位遠房表姐的邀請，去到一間教會，他想要看看傳說中的上帝，是不是眞的存在。

那天正好是聖誕節，教會舉辦了聖誕音樂會，那時，我已經在教會穩定參與聚會兩年多了，在排隊等候入場時，我和他有了一面之緣。

「嘿，這位是我表弟，第一次來教會。」他的表姐向我介紹他。

「嗨，歡迎你。」我盡地主之誼，向他打了聲招呼。

然後呢？

然後，就沒有然後了。

在聖誕音樂會中，我先生感覺自己被一股莫名的溫暖包圍著，令他深受感動，因此他決定每個禮拜天，都要上教會參加主日聚會，他渴望能更多認識上帝。

大約半年後，我先生受洗成爲基督徒，我們被安排在教會的同一個小組，開始有許多聊天和互動的機會。

一年後，我們也在這間教會舉行了婚禮。

「從今天起，無論貧窮或富貴，健康或疾病，是順境還是逆境，我都會支持你、陪伴你，和你一起建立基督化的家庭……」

當時我們怎麼也沒想到，我們在結婚典禮上互許的誓言，竟然這麼快就要兌現！

晚上十點多，我趕到醫院，急診室醫生拿出電腦斷層檢查報告，告訴我：

「妳先生的頭部至少有三顆腫瘤，其中一個腫瘤非常大，壓迫到周圍的區域，再晚來一步，可能就來不及了！他腦部管理情緒那區域被破壞得很嚴重，肺部的腫瘤有四．五公分大，看來腫瘤已經存在好幾年了，才能長到那麼大，現在腫瘤已經轉移，無法開刀清除。」

「那有其他治療方式嗎？」

「腫瘤範圍大，化療或放療效果有限。」

「所以……」

醫生不說話。

「所以我們需要神蹟？」

他點點頭。

我鼓起勇氣，問了最後一個問題，但是我其實不想知道答案。

我問醫生：「他還有多久？」

醫生回答我：「不確定。」

我感到悲喜參半，一方面，我對於先生這段日子性格大變，現在終於找出了原因，感到有些寬心和欣慰，也能夠諒解他先前那些不合常理的情緒起伏。

另外一方面，我的先生病情似乎不樂觀，原來死亡如此靠近，而我們卻一直沒有發現。

醫生帶我來到先生的病床旁，跟我說：「他自己還不知道。」

04.

在風浪裡搏鬥

那道彩虹，像是上帝送給我們的新婚禮物，只要夫妻同心，再大的風浪，也都可以安然渡過；現在，我們也正在和另外一波風浪搏鬥著。

我要引瞎子行不認識的道，領他們走不知道的路；在他們面前使黑暗變為光明，使彎曲變為平直。這些事我都要行，並不離棄他們。

——《以賽亞書》

波浪翻騰，風疾馳著，天空烏雲密布，雨水不停撒落在我們的臉上、身上。我和先生一起坐在一艘獨木舟上，風浪不斷把我們推向外海，四周看不見其他人，我們拚命划著槳，想要趕快划回岸邊。

這是我們蜜月旅行中的一則小插曲。我們的蜜月地點選在太平洋上的一座海島，海島的天空藍得不像話，景色美得像是在天堂。

我先生一向喜愛運動，當然不會錯過各類海上運動的機會，他想要體驗划獨木舟，而完全沒有運動細胞的我，也只好捨命陪君子，和他一起划獨木舟出海。

當我們來到海中央時，天色突然暗了下來，太平洋上波濤洶湧，風和海水推著獨木舟前進，眼看著我們離岸邊越來越遠。我們出發的島嶼，已經成了遠方的一個小點。

先生用力地划著槳，我也在後面試圖想要幫忙。

「不是那樣划，要這樣划才對！」我聽得出來他語氣中的緊張和焦慮。

我們用盡全力往岸邊划，卻仍難以抵擋風勢，風一直把我們往反方向推。如果我們繼續被風浪推到海中央，我們是否還認得出海岸的方向？是否還有足夠的力氣划回岸邊？

「我沒力了，再這樣下去不行，我們來禱告吧。」先生說。

於是，我們停下手中的船槳，在獨木舟上一起禱告，唱起詩歌。無論何時何地，詩歌都有一種神奇的力量，能夠讓心情立刻平靜下來。

幾分鐘以後，風息了，雨也停了，陽光從雲層中露出臉來。

我們調整船身，轉往海岸的方向。

一回頭，我就被眼前的美景震懾住了。

「快看！好美啊！」我指著天邊的彩虹，這是我第一次看見完整的一道虹橋，掛在海面的天際線上。

我和先生彼此依偎，靜靜地欣賞著彩虹，感到無比幸福。那道彩虹，像是上帝送給我們的新婚禮物，告訴我們，只要夫妻同心，再大的風浪，也都可以安然渡過；風浪過後，就會看見美麗的彩虹。

現在，我們也正在和另外一波風浪搏鬥著。

我先生在原生家庭排行老大，下面有一個弟弟和一個妹妹，三兄妹感情很好。先生的妹妹一聽聞消息，立刻從新竹趕到了台北，我和弟弟、妹妹面面相覷，不知道要怎麼告訴病患本人，他剛被醫生判了死刑。

先生看到我們大家都在，也猜到了事態嚴重，他的手上插著點滴，用另外一隻手遮住眼睛，不想讓人看見他的眼淚。

「我來告訴他。」我對弟弟、妹妹說。

我揹著孩子來到先生的床邊，小寶寶在我懷裡睡得很香甜。我腦子裡閃過醫生剛才對我說的字字句句，但是，我更想起和先生從相遇到結婚，上帝一路對我們的帶領。

未來的道路，我們每一天都需要上帝陪我們一起奮戰到底。

我很平靜地告訴先生，「你記得，你對上帝充滿信心嗎？你相信，我們信靠的上帝，是無所不能的神嗎？現在，是考驗我們信心的時候。」我深呼吸一口氣，直視他的眼睛，一個字一個字緩緩地說：「醫生說，你的肺部有腫瘤，轉移到腦部，這是你頭痛的原因。所以，我們要開始打仗了！從現在開始，你不能軟弱，不能放棄，你只能有一個念頭，就是——我們要靠著上帝打贏這場仗！」

頭痛欲裂的他，聽聞這個更令人頭痛的壞消息，沒有說話，只閉上眼睛，默默接受這個事實。

接著，我們一起流淚禱告，向上帝獻上感恩和讚美。不論這故事結局如何，相信都有上帝美好的心意；不論這場仗究竟會輸還是會贏，我們都已經身在戰場，只能選擇火力全開、勇敢向前。

我們從來沒有想過這樣的事會發生在我們身上，我的先生才四十出頭，爲了擁有多一點陪伴孩子的時間，他在大女兒出生後退出科技業，開始在家創業的生活。

他刻意放慢生活步調，空閒的時候，去學電子琴、聽講座、打太極拳……完成一些年輕時因爲埋首工作而來不及實現的夢想。每個週末，我們都會帶孩子出遊，充分地享受親子時光。

我們認眞生活，用心陪伴孩子，過著簡單踏實的日子，我們以爲，這樣的日子還會再過很久很久……

癌症，應該是要發生在那些抽菸、喝酒、作息不正常的人身上吧？怎麼會找上我先生呢？

對我來說，家裡有人生病了，這也是一種全新的體驗。我的祖父母在我很小的時候就過世了，我的爸爸媽媽都還很健康，所以我從來不曾照顧生病的家人，更別說是這麼嚴重的疾病。未來會怎麼樣，我一無所知，萬一我先生的病無法治癒，我們該怎麼辦？

身爲基督徒，我們平時就不避談死亡，「死亡」甚至可以是我們在餐桌上談論的話題。

大女兒希希三歲時，曾經在吃飯的時候跟我閒聊，她問我：「媽媽，人死掉以後會去哪裡啊？」

我回答她：「聖經上說，人死掉以後，會在樂園裡。」

「樂園？樂園是什麼？」

那時我們剛去過香港「迪士尼樂園」，所以我告訴她：「樂園就是耶穌的家，那是一個比『迪士尼樂園』還棒的地方喔！」

「眞的嗎？我好想去喔！」希希很興奮地說。

我們單純地相信聖經的應許，「樂園」是耶穌為每個信靠祂的人預備的地方，那裡好得無比。我們也像希希一樣，期待有天能被耶穌接走，去到樂園，息了地上的勞苦，在天國享受永遠的福樂。

只是，這一天能不能不要這麼快來到？

望著懷中寶寶稚嫩的小臉，我多麼期盼她的父親能看見她學會走路、學會說話，能夠送她第一天去上幼兒園，可以趁我不在時，偷偷問她：「比較愛爸爸還是愛媽媽？」

許多理所當然的幸福，在這一刻都成了遙遠的奢望。

那天晚上，我一個人在家中客廳痛哭了一場，我不允許自己有任何負面的念頭，不去思考除了「康復」以外的任何可能，但是，上帝啊，我真的好害怕！

輾轉難眠了一整夜，清晨四點多，我看到先生傳來的訊息：「老婆，謝謝妳正向的鼓勵。以前一直疑惑上帝對我的計劃是什麼，如今我知道，上帝視我爲勇士，給我剛強壯膽、不懼怕的心，走一條不一樣的路，要經過水和火的考驗，成爲許多人的見證和幫助。今天起，我要有正常的作息和健康飲食，還要靠著聖經的話語，好好對抗病毒！未來這段日子，妳可能要辛苦一點了。」

我望著清晨微亮的天空，感謝上帝，我知道，祂比我更愛我的先生。

05.

只能不停在心裡禱告

進去手術室前，先生緊緊握住我的手，對我說：「為我禱告。」禱告、禱告、禱告。在手術室外等候的時間，流逝得特別緩慢，我只能在心裡不停地禱告著。

祈禱不是要求，祈禱是把自己放在上帝的手中，聽祂差遣，在我們內心深處聆聽祂的聲音。

——德蕾莎修女

從那天起，後勤部隊模式正式啓動！

一大早把孩子安頓好後，我就到醫院陪伴先生，希望能給予他心靈上的支持。

先生手上吊著點滴，我用輪椅推他在醫院裡散步。我們望著大樓中庭景色優美的湖泊，卻絲毫沒有欣賞美景的閒情逸致，春天的暖陽，驅趕不了我們心裡的那股寒意。

昨天還好好的人，今天就被宣判時日無多，即使我們一直以來都信靠著上帝，心裡難免還是會有埋怨和疑惑。

「爲什麼生病的是我，不是別人？」

「爲什麼我們沒有早一點發現？」

「爲什麼我要承受病痛的折磨？」

當人一旦陷入「爲什麼……」的漩渦，心情就會跟著向下沉淪。

事實上，「爲什麼……」這句型是一種話術上的僞裝，背後眞正的意思是：「我覺得不應該是這樣。」

說穿了，我們其實是轉個彎在抱怨。

我們眞正想說的其實是：「生病的不應該是我」、「我們應該要早一點發現」、「我不應該要承受病痛的折磨」……太多事情都「不應該」，太多事情讓人感到厭煩，最終，我們得到的不會是答案揭曉，我們只會換來滿腹苦水。

我鼓勵先生：「不要去鑽牛角尖，要開開心心過好每一天。治療期間，你的身體可能會吃很多苦頭，所以心情一定要加倍喜樂，把你所承受的苦，統統補回來！」

我拍拍他的手，繼續推著他在醫院裡閒晃。

我想，老夫老妻的生活，應該就像是這樣吧。

主治醫師那裡傳來好消息，先生的癌細胞符合標靶藥物的特性，若控制得當，可以大幅延長存活期。我們上網爬文，發現同樣病況的癌友，有人已經服用標靶藥物長達十多年，病情一直控制得很好，還能正常工作、四處旅遊、享受人生。

現代醫學發達，癌症其實沒有想像中那麼可怕。然而，面對死亡和疾病，我們還有太多東西要學習。

因為先生腦部的腫瘤很大，造成腦壓過高，需要立即摘除，所以主治醫生立刻為他安排了手術。

手術需要打開大腦的頭骨，摘除裡面的腫瘤，再裝上一塊人工頭骨，之後進行縫合。光是用想的，我就已經覺得腿軟，很難去想像當事者心裡的恐懼和壓力。

手術安排在清晨五點，手術前一天晚上，我請褓姆來家裡照顧孩子，我自己則到醫院陪伴先生。

病房裡的氣氛很凝重，我們都很清楚，這手術是有危險性的，麻醉藥打下去，手術刀開始動，病人不一定能醒得過來。也就是說，或許今晚，就是我們的最後一晚了。

家人建議我，「如果有什麼話要說，就趁今晚趕快說，因爲過了這一晚，就不一定有機會說了。」

但是，先生什麼也沒有跟我說，他沒有向我表達他的心情，我也只能安靜地陪伴在他旁邊。

晚上十一點，有人敲了敲病房的門。

我打開門，看見來訪的是一位教會的弟兄，這位弟兄也正在經歷和我們相同的挑戰，他的太太被診斷出舌癌，接著轉移到喉部，已經接受了很多次手術和治療，在榮總進進出出一年多了。

這位弟兄來到我先生的身邊，握住他的手，什麼也沒說，我看見我先生的眼淚瞬間簌簌地掉了下來。

只有生過病的人，才能理解病人的感受；也只有當病人感覺自己被理解了，他們才能不再壓抑自己的情緒。

弟兄的來訪，驅除了我先生心裡的孤單感。雖然命運把我們帶到了一條艱澀的道路上，但是只要有同伴，感覺不孤單，這條路其實也不是那麼寸步難行。

我躺在醫院的沙發上，一整晚都睡不著，才剛有睏意，醫護人員就來通知我們要進開刀房了。

先生換上了手術衣、拿下戴在無名指上的婚戒，躺在病床上，被醫護人員從病房推到手術室。進去手術室前，先生緊緊握住我的手，對我說：「爲我禱告。」

禱告、禱告、禱告。

在手術室外等候的時間，流逝得特別緩慢，我只能在心裡不停地禱告著，一面看著窗外的天空，漸漸地越來越明亮。

接近中午時分，手術終於結束了。

我和婆婆一起進到恢復室探望先生。我看見先生頭上包著繃帶，嘴唇蒼白，看起來很虛弱。我摸摸他的臉，鼓勵他說：「你做得很好！好好休息，不用擔心，你看起來還是很帥！」

06.

被折磨的是我的心

我覺得我和先生之間，彷彿也只剩下病人和看護的關係。他被折騰的是身體，我被折磨的是我的心；磨久了，心不再脆弱敏感，生命也就變得強韌了。

你從水中經過的時候，我必與你同在；你渡過江河的時候，水必不淹沒你；你從火中行走的時候，必不會燒傷；火焰也不會在你身上燒起來。

——《以賽亞書》

在加護病房觀察一天後，先生轉到了一般病房。我陪他待在醫院裡，睡在病床旁邊的長椅上。

雖然長椅很窄，一點兒都不好睡，這卻是我從小女兒出生以來，睡得最好的一次，沒有寶寶半夜的哭叫，我終於可以連續睡上五個小時。

想不到上帝竟然在這時候成就了我微小的心願！

我請褓姆幫忙照顧孩子一個星期，希望能利用這段時間多陪陪先生，也能夠趁機補眠。結果，我才在病房睡了一個晚上，隔天一早，我就接到褓姆的電話，說她突然上吐下瀉，要到醫院掛急診，需要我立刻趕回家接手照顧寶寶！

一邊是先生，一邊是孩子，我該如何選擇？

這讓我想到戀人之間常出現的一道測驗題，太太問先生：「如果我和你媽同時落水了，你會先救誰？」

爲什麼不會有人問，「如果我和孩子同時落水了，你會先救誰？」因爲這問題想都不用想，當然是救孩子！

配偶是成年人，理應想辦法自己求生存；孩子是心頭肉，身爲父母，怎麼可能放著孩子不管？

我把先生一個人留在醫院裡，自己火速趕回家照顧孩子。

在路上，我感到十分自責，覺得自己沒辦法守在先生身邊，也沒辦法好好照顧孩子，什麼都做不好……我被沉重的挫折感和無力感壓制著，覺得人生好難、好難、好難。

先生沒有責怪我，爲了不增加我的負擔，他儘量什麼事情都自己來。縱然腦部的傷口還沒癒合，會有頭暈跌倒的危險，他還是硬撐著自行下床如廁，不要別人攙扶，也常利用躺在床上的時間，做些腿部運動，鍛鍊腹肌。我知道他很想要趕快恢復健康，很想趕快出院回歸正常的生活。

然而，好事總是多磨。

雖然開顱手術成功摘除了腦部最大的一顆腫瘤，但是還有好幾顆小腫瘤分散在腦部各處，醫生建議用放射線定位手術來清除。原以爲這不用動刀，應該會比較輕鬆，沒想到定位用的頭架，需要用釘子把它釘在頭部的四個點，以固定位置。雖然只是釘在淺層的頭皮上，卻劇痛無比。

先生苦笑著說：「現在我稍微能夠體會耶穌戴著荊棘冠冕的感覺了。」

熬過了痛苦的放射線定位手術，終於把腦內的腫瘤一掃而空。此時，先生原本開刀的傷口卻開始流膿，遲遲無法癒合。醫生研判是標靶藥物會對皮膚產生不良的副作用，造成手術傷口潰爛，因此下令暫時停藥。先生又再次被推上手術台，進行頭皮清創手術。

四月一整個月，先生都待在醫院裡，忍受著手術傷口的疼痛、標靶藥物造成的皮膚潰爛、一成不變的住院生活、充滿藥味的環境……不曉得是因爲生病影響意志，還是腦部受損的關係，他從一開始面對疾病的鬥志十足、正向樂觀，漸漸地越來越沉默，向我封閉自己。

有時我去醫院看他，他只是滑著手機，一句話也不跟我說，我也漸漸習慣從住家搭一小時的車到北榮，放下他需要的物品，帶回換洗衣物，再搭一小時的車子回家。

縱使心裡有滿腹委屈，我也不能表達，深怕再增加他的壓力，或是刺激到他的情緒。每次去醫院探望先生，我都會坐在床邊，希望他能夠和我說說話，至少關心我累不累、孩子們好不好?但是，他卻經常無視我的存在。

我和隔壁床阿公的外籍看護四目相對，那名外籍看護看著我，露出同情的眼神。我覺得我和先生之間，彷彿也只剩下病人和看護的關係。

他被折騰的是身體，我被折磨的是我的心；磨久了，心不再脆弱敏感，生命也就變得強韌了。

07.

還能繼續相愛嗎？

沉默和冷漠，才像是無可救藥的絕症。先生腦部的腫瘤清除得很乾淨。然而，我擔憂的是，當大腦管控情感的邊緣系統受損，我們還能繼續相愛嗎？

然而，祂知道我所行的路，祂試煉我之後，我必如精金。
——《約伯記》

「姐妹，我看見妳像是一株玫瑰花，一陣風吹來，花瓣掉落，妳的心很敏銳，就會覺得難過受傷。有一個聲音說，妳要像一棵松柏，不是一朵玫瑰花，上帝要熬煉妳，讓妳在寒冬裡，有信心能力，可以站立得住，經得起考驗……」

這是在我結婚前夕，來自美國的先知劉竹村牧師爲我的禱告。

在挑戰重重的婚姻生活中，這段話成爲了我心裡的支柱，我知道，我正在經歷從嬌嫩的小花，變成強壯大樹的過程，這是上帝對我的計劃，也一定是對我有益的。

我的成長過程一直很平順，備受呵護，在那個信奉「萬般皆下品，只有讀書高」的年代，我從很小的時候，就摸索出一條黃金定律——「我只要功課好，就可以爲所欲爲。」

我不是頂用功的學生，但是我懂得掌握考試的技巧，因此在校的課業成績一直都很好。功課好的學生，總是特別吃香，做錯事老師也捨不得罵，還可以很輕易地讓其他功課不好的同學替我背黑鍋。

出社會以後，在幾間公司待了沒多久，因爲不想忍受朝九晚六的上班族生活，我決定自己接案，成爲專職文字工作者，這麼一來，我連老闆的臉色都不用看。

在感情方面，我也認爲，愛我的人就要把我捧在手心，讓我當女王。只有我讓對方受委屈的份兒，我絕對不會讓自己受委屈。雖然也曾遭遇過被劈腿、被欺騙，但我很快就能設好停損點，當機立斷，不會讓自己吃太多苦。

一直到結婚後，我才體會到什麼是「忍耐」和「受委屈」。我和我先生的個性南轅北轍，生活習慣也大不相同。一向是好學生的我，進入婚姻後，經常被檢討做家務不及格、溝通表達用詞不精準、孩子照書養根本不切實際……這下子，我終於明白放牛班學生是什麼感受了。

一開始，我也會嘗試爲自己辯解，或是指出我先生也沒做好的地方來反擊，因此屢屢引發世紀大戰。到後來，爲了維持家庭的和樂，我決定要學習忍耐，在受批評時，忍著不反駁；在被指正時，勒住自己充滿火藥味的舌頭；在面對不合理的對待時，忍住不在當下據理力爭，等另一半氣消了再說；在覺得自己吃虧的時候，忍著不和對方一般見識，吞下委屈，就能把自己的心胸撐得更寬大。

忍耐，是我在婚姻中學到的第一課，也讓我逐漸從多愁善感的小花，蛻變成爲耐寒長青的松柏。

雖然說我和先生之間的相處，常常都在考驗彼此的忍功，但是我知道，這樣的忍耐是有價值的。除了個性固執、牛脾氣之外，我很清楚我先生愛家庭、愛孩子的心，我們忍耐對方的缺點，換來的是甜蜜和諧的家庭生活。每一次忍耐過後，我們一家人的感情就更堅固緊密，我自己的生命也更加成熟圓融。

在先生住院的這段日子，我的精神和體力也屢屢到達崩潰邊緣，只能咬緊牙關忍耐著，期盼忍耐到底，就能海闊天空。

生病的人被關在醫院裡的世界，時間過得好慢；健康的人地球照常運轉，每天一睜開眼睛，就得和時間賽跑。

由於沒有其他親人可以幫忙，大多數的時間，我都得一個人照顧兩個學齡前的孩子，只能利用孩子上學的時間工作，每天還要花至少三個小時往返醫院，我笑稱自己是「媽媽界的海軍陸戰隊」。

平日早上六點多起床，送完兩個孩子去幼兒園和托嬰中心，已經八點多了。我利用上午四個小時的時間，趕緊完成一整天的工作量，中間連去上廁所都來去匆匆，像是在跑百米競賽。

中午過後，我準備好先生交代要我帶去醫院的東西，搭乘捷運去榮總。榮總距離我家大約一小時的車程，我正好利用搭車的時間，用手機回覆客戶的信件，或是完成一些提案企劃。

希希傍晚五點就會搭校車抵達家門口，所以我也必須在五點前從醫院回到家裡，在門口迎接希希，之後再帶著希希去托嬰中心接妹妹，展開下半場的育兒大戰。

妹妹回家後，就是媽媽的「鋼臂人訓練營」。快一歲的妹妹，喜歡爬行探險，放任她自己到處爬太危險，要她乖乖坐在椅子上，她又會大哭抗議，非要黏在媽媽身上不可，所以我經常表演一手抱小孩、一手炒菜的特技，或是在家也使用外出背帶，把快十公斤重的妹妹揹在身上，這樣才可以空出兩隻手來幫大女兒洗澡、吹頭髮。

每一天都是馬拉松式的體力大考驗，我經常晚上九點多哄孩子睡覺，自己也跟著睡著，半夜才爬起來，把白天來不及完成的工作補完。

忙碌讓我沒有時間傷心，連哭的時間都嫌太奢侈。每個星期天早上去教會參加主日聚會，是我唯一可以好好哭泣的時間，我在上帝面前，打開水龍頭，讓壓抑了一個禮拜的眼淚全部流出來，也讓自己枯乾耗盡的心靈，被上帝的愛重新滋潤。

接著，回到戰場，繼續打仗！

有時候，命運把人逼到牆角，是爲了讓人利用牆面的反作用力，蹬腿前進，一躍而起。在每天爲生活奮戰的日子中，我發現，原來我工作可以這麼有效率！原來我的力氣可以這麼大！原來我也會修理玩具！原來我也會通水管！原來我對於逆境的忍受度有這麼高！

挑戰和忍耐，讓我的生命變得厚實。我不怕累，不怕吃苦，每對夫妻在結婚的當下，就已經約好了要同甘共苦，不是嗎？我不怕我要一個人扛起全部的家庭責任，也不怕要承受照顧病人的辛勞。和全世界的太太一樣，我只怕，有一天，你不再愛我了。

對我來說，癌症還有藥可醫，這是我們夫妻同心，可以承受得起的重擔；然而，先生的沉默和冷漠，才像是無可救藥的絕症，是我們婚姻中不可承受之輕。

輕輕的，沒有立即致命的危險，但就是讓人連呼吸都不舒坦，想哭也哭不出來。

醫生給我們看先生腦部振子攝影的影像，高興地宣布先生腦部的腫瘤清除得很乾淨。然而，我擔憂的是，當大腦管控情感的邊緣系統受損，我們還能繼續相愛嗎？

08.

結婚六週年那一天

本來以為，他回家應該是個溫馨歡慶的時刻。本來以為，我們可以同心攜手對抗病魔。沒想到竟是這樣的開場和收場！諷刺的是，那一天，是我們結婚六週年紀念日。

愛是往前面看的，恨是往後面看的，憂慮則是到處亂看。
——美國名記者米翁・麥勞夫林

美國作家提摩太・凱勒在《婚姻的意義》一書中寫道：「即使我們當初找對了人，過不了多久，對方會變。因為婚姻這件人生大事意味著：我們一起走進去，之後，彼此就不再是原來的那個人。因此，婚姻的要點是——學習如何關愛自己所嫁娶的那個『陌生人』。」

婚姻最困難也最可貴的地方在於，無論對方變成什麼樣子，就算有一天他忘記你，或是他不再愛你了，你都還是得盡最大的努力去愛他，因爲這正是你們當初在結婚典禮上爲彼此許下的約定。

若彼此角色對換，生病的是我、大腦受傷的是我、犯錯的是我，我希望另一半如何對待我呢？

我望著我陌生的丈夫，在心裡無聲地再說一次：「我願意。」

身心煎熬的日子裡，兩個孩子是我最大的安慰，希希很懂事，會主動照顧妹妹，放學回家後，兩姐妹經常一起玩，不時傳來銀鈴般的笑聲，也讓我心情飛揚起來。

偶爾帶她們去醫院看爸爸，她們像是到了遊樂園，好奇地研究著病房裡的電動床，在病房裡玩躲貓貓，小孩天眞的視角，幫助我們暫時一掃疾病的陰霾。

對於爸爸生病住院的事，孩子沒有太大的不安，她們並不曉得爸爸生的是什麼病，也不知道「癌症」是什麼，我只告訴她們，「爸爸生病了，所以要留在醫院裡打針。」在五歲小孩有限的認知中，「打針」已經是很不得了、很厲害的治療對策。

或許是因爲我一直是孩子的主要照顧者，她們很習慣每件事都只找媽媽，所以孩子們的生活並沒有因爲爸爸不在家，而有所變化。以前爸爸每個週末都會帶孩子出去玩，現在爸爸在醫院裡，很多親戚朋友都會趁週末來探訪，孩子也可以趁機跟表哥、堂哥、堂妹一起玩，爸爸住院，孩子反而賺到了很多玩樂的機會。

只是，爸爸這麼久不在家，孩子多少也會受到影響。一天，希希從幼兒園放學回家，垮著一張臉，跟我說：「我同學說，我爸爸會死掉！」

我猜，應該是那位同學曾有過爺爺或奶奶住院很久然後離世的經驗，所以在小朋友幼小的心靈中，認爲人只要住院很久，就差不多該死了。

我不想說謊騙希希，所以我這麼回答她：「每個人的爸爸媽媽都有一天會死掉啊！妳還記得媽媽曾經告訴過妳，人死後會去哪裡嗎？」

「去天上，耶穌的家裡。」

「對啊，認識耶穌的人，死了以後就會去到耶穌的家裡，將來有一天，我們都會在天上團聚，到時候我們就能永遠在一起。所以，重要的不是能活多久，而是死了以後要去哪裡。」

她點點頭，對於死後的世界，我們已經談論過好多次。

接著，她問我：「那爸爸什麼時候會死掉？」

「這我不知道，醫生也不知道，只有上帝知道，妳自己禱告問上帝吧！」

「好，我會跟上帝說，我想要爸爸趕快回家。」

終於，先生可以出院回家了！

由於癌症病人需要講究飲食與營養，爲了迎接他回家，我前一天就跑遍各大有機超市，把冰箱的食材補齊。

哄孩子睡著後，我用我們的家庭生活照，製作成一整面相片牆，希望先生看到這些照片，就能回憶起那些甜蜜的時光，讓他保持心情愉快，我相信，喜樂的心就是最好的抗癌藥。

等我忙完，已經是午夜時分了。我躺在兩個孩子的旁邊，輾轉難眠，明天，是一個很特別的日子，我很期待丈夫的歸隊，但也對未來要照顧病人的生活感到有些焦慮，有太多的未知在前面等著我。

在醫院待了一個月，進入開刀房全身麻醉兩次，回到家裡，是否有恍如隔世的感覺？

我以爲，先生回到家裡，應該會有一種「回家眞好」的感覺，沒想到他一回到家裡，第一件事，就是急著找他公司要用的文件。他翻遍整張桌子都找不到，就一直催促我幫忙找。

我告訴他：「那東西沒那麼重要吧？以後再慢慢找就好。」

他生氣地回我：「就是因爲妳亂動我的東西，我才會找不到！」

霎時間，他這段日子的冷漠、一個人照顧孩子的壓力、對於未來的恐懼、長期隱忍的眼淚……一下子從心底全湧上來，顧不得他是病人，我和他大吵了一架！

本來以爲，他回家應該是個溫馨歡慶的時刻。

本來以爲，我們可以同心攜手對抗病魔。

沒想到竟是這樣的開場和收場！

從那時候開始，我們之間像是隔了一層厚厚的牆，「孤立」和「怨懟」開始在我們的關係中發酵。

諷刺的是，那一天，是我們結婚六週年紀念日。

09.

和病魔、心魔奮戰

實際上，我們對彼此關上心門，還在門上加了一道道「失望」的鎖鍊。他孤軍和病魔及心魔奮戰，我則忙著照顧孩子，家務和工作兩頭燒。

我的心啊，你為何憂悶？為何在我裡面煩躁？應當仰望上帝，因祂笑臉幫助我，我還要稱讚祂。

——《詩篇》

重症病人的心態，旁人不容易理解。

根據我的臆測，一方面，他們想要表現得積極樂觀，像個勇敢的生命鬥士，讓旁邊的人不爲自己擔心；另外一方面，面對辛苦的療程、身體上的摧殘，他們只能把恐懼埋藏在心裡。他們渴望被關心、被照顧，卻又不想成爲家人的負擔。除了「病人」這個身分以外，他們找不到自己的定位和價值，挫折糾結的心情，只能透過怒氣來宣洩。

希希望著家裡的相片牆，上面滿滿都是我們全家人的溫馨回憶，悵然地說：「媽媽，妳做這面牆，是希望爸爸開心，但是，爲什麼，爸爸總是在生氣？」

我不知道要怎麼跟她解釋，我抱著她說：「爸爸不是在生妳的氣。」

癌症的下一步是什麼？萬一有一天，身體對標靶藥物產生了抗藥反應，到時該怎麼辦？

醫院的個案管理師建議我們加入肺癌的病友群組，許多病友在裡面討論著各式病情的因應狀況，有位病友說：「我抽了十幾次肺積水，肺都塌了。」我嚇得趕緊退出群組，寧可做一隻把頭埋在沙坑裡的鴕鳥。

除了正規醫療，是否癌症還有其他的治療方法？先生很積極地蒐集各種癌症相關資訊。他採用救命療法生酮飲食、喝氫水，補充各種據說有抗癌功效的營養素。

所謂生酮飲食，就是不吃任何醣類和碳水化合物，也就是不吃白飯、麵粉和穀類，多補充好油，讓血液裡的酮質提升，據說那樣癌細胞就會活不下去。

為了幫助先生徹底實行生酮飲食，我每天一大早就起來準備新鮮沙拉、煎蛋、酪梨、防彈咖啡當早餐，或是用椰子粉做鬆餅，用切碎的白花椰菜取代米飯來炒飯，利用深夜時間進行實驗，學習製作無麵粉、無醣的麵包……

原本以為先生住院的日子已經是我最忙碌的高峰，沒想到一山還有一山高，誰說巧婦難為無米之炊？我每天就是要想盡辦法，變出「無米之炊」啊！

雖然我很用心為先生準備三餐，但我們之間仍被冷漠深深地隔絕，為了專心照顧先生，原本計劃自己帶孩子帶到兩歲的我，也只好提早把小女兒送到托嬰中心，讓專業褓姆照顧。我告訴先生，我為妹妹找好了托嬰中心，他只是點點頭，表示他知道了。這家托嬰中心在哪裡？孩子適應的情況如何？他問也沒有問，和生病之前的他簡直判若兩人。

我們保持表面上的互動，在小女兒一歲生日時，也全家一起出遊渡假，但實際上，我們對彼此關上心門，還在門上加了一道道「失望」的鎖鍊。他孤軍和病魔及心魔奮戰，我則忙著照顧孩子，家務和工作兩頭燒，過著「類單親媽媽」的生活。

因爲標靶藥物的副作用，先生臉部和胸口的皮膚都長滿疹子，發癢難耐，十分不舒服。一天，先生告訴我，他想要放棄標靶治療，嘗試用其他方法對抗癌症，希望我可以支持他。

我說：「你都已經決定了，我還能說什麼？」

沒想到我一句話又激怒了他，我和他中間的那道牆越築越高。

其實，我稍微可以了解他抗拒醫學正規治療的原因。雖然正規醫學能夠有效清除腫瘤，但對於身體細胞的傷害也相當大，目前正規醫學尚未找到能夠根治癌症的方法，腫瘤清除了，說不定很快又會復發再生，但在治療過程中身體下降的免疫力，未必能這麼快修復。許多癌友並不是死於腫瘤，而是死於身體的免疫力崩盤。

只是，若放棄正規醫療，採用坊間其他療法，那真的有效嗎？

坊間有許多號稱治療癌症的救命療法，像是生酮低醣飲食、葛森療法、氫氣治療……但試驗者都只是用這些來輔助正規醫療，我還沒遇過有癌友沒有接受正規醫療，光靠這些抗癌理論就不藥而癒的例子，我們又有多少機會，可以去賭一賭、試一試？

關於先生這冒險的決定，我沒有支持，也沒有反對。畢竟，我對癌症的知識還不夠全面，我只知道每種治療方式，都有它要付的代價，而這代價，是病患自己要去承擔的，旁人無法替他受苦，當然也不能替他決定。

他是個優秀的工程師，在職業生涯中參與過很多先進科技產品的製程研發，說不定，這一次他也可以找到醫治癌症的創新方法！

我這麼衷心期盼著。

10.

學習在風雨中漫舞

屋漏偏逢連夜雨，而且這場雨始終下個不停。既然烏雲不退散，天空不放晴，那麼我只能試著調整我的期待，學習在雨中翩翩起舞。

> 最要緊的是彼此切實相愛，因為愛能遮掩許多過錯。
>
> ——《彼得前書》

「嘿，我買了酪梨，放在冰箱裡。」我從市場買菜回家，一邊把菜放進冰箱，一邊和先生說話。

「妳告訴我這個幹嘛！我又不知道要怎麼吃！」

和往常一樣，他總有千百個生氣的理由。

「好，我來研究一下酪梨的料理方法，再弄給你吃。」

我平靜地回應，已經很習慣這樣的對話、這樣的態度、這樣的相處模式。

我想起英國二十世紀被譽爲「劃時代娃娃屋權威」的維文．格林（Vivien Greene），她是當代最著名作家格雷厄姆．格林的太太。格雷厄姆一生獲獎無數，受封爲「諾貝爾文學獎冠冕之王」、「二十世紀最偉大的作家」，在文學方面成就斐然。

這樣的一個才子，卻受不了生活俗事的纏累，據稱，他有嚴重的狂躁症，當了爸爸之後，陪伴兒女的時間也極其有限。

可想而知，維文．格林獨力照顧一對兒女，又要承受先生不穩定的情緒，她的日子應該過得異常艱難。然而，維文．格林卻留下了一句名言：「生活不是等待風暴過去，而是要學習在雨中漫舞。」

這正是我現在的處境，屋漏偏逢連夜雨，而且這場雨始終下個不停。既然烏雲不退散，天空不放晴，那麼我只能試著調整我的期待，學習在雨中翩翩起舞。

從前先生對我態度不佳時，我經常會因此感到心情低落，認爲：「又來了！你爲什麼要這麼對我？」但是現在，我不會再問「爲什麼」，因爲我很清楚他態度不佳的理由。

他爲什麼要這麼對我？因爲，他是個病人啊！

病人無法決定自己的情緒，也不用爲自己的態度負責，而我因爲是個健康的人，我就得要概括承受這一切，這樣公平嗎？

當然不公平。

但是我又能怎麼樣呢？

「上帝啊，我先生生病了，所以他這樣對我，但是，祢又沒生病，爲什麼祢也這樣對我？」

「妳所謂的『這樣』，指的是『怎麼樣』？妳覺得妳先生對妳不好，但是，我有對妳不好嗎？」

上帝有對我不好嗎？祂給了我很好的父母及家人，給了我很棒的朋友，給了我很好的工作、很好的客戶，還給我兩個可愛的孩子。全世界都對我很好，就只有我先生對我不好，我怎麼能說，上帝對我不好呢？

祂對我實在太好！

儘管這段日子，我和先生的相處，始終籠罩在一團低氣壓之中，但是上帝卻用足夠的恩典，實實在在地把我托住。

「一宿雖有哭泣，早晨必定歡呼。」這句話成爲我每天的寫照。

我常常利用洗澡的短暫時光，享受一個人的獨處，我把我的委屈、壓力交給上帝，向上帝流淚禱告。第二天醒來，我就又有了新的力量、新的盼望。

上帝也差派許多天使來幫助我，祂曉得創作帶給我的快樂，讓我在這段時間裡，完成了人生中的第一部連續劇劇本、第一首詩歌，也給我很多新鮮有趣的工作機會。

或許可以這麼說，創作人享有快樂的特權。有時我走在路上，腦海裡就會有神來一筆的靈感，或從心底響起的旋律，讓我充滿感動和喜悅，找不到悲傷的理由，甚至可以說是被濃濃的幸福感包圍著。

我大而化之、容易滿足的性格，（按照我先生的說法，是我「標準太低」）也在這時候幫了我大忙。

某一個下午，我在速食店裡用電腦趕案子，我的隔壁桌坐著一位高中生，正在搖著筆桿做數學習題，我看著他手中那本厚厚的講義，好慶幸自己這輩子都不用再算那些艱澀的數學題！

我坐在速食店裡，發自內心笑了出來。在這世界上，無論你是誰，每個人身上多多少少都有不同的壓力包袱，比起他的那一個，我寧可繼續揹我自己的這一個。上帝量給每一個人的擔子，都是經過精心測量、縝密計算，是最適合他的。

「知足」和「感恩」是我對抗負面情緒的兩大利器。

我發現，只要常保知足和感恩的心，面對再大的打擊，都能刀槍不入；疾病沒有辦法奪走屬於我的幸福，少了知足和感恩的心，陷在抱怨的泥淖中，那才是真正的絕症。

雖然我一直保持心情愉快，但人的身體終究不是鐵打的。炎炎夏日來臨，我接連幾個月日夜操勞、睡眠不足，也沒有好好吃飯，我的身體也開始出現了狀況……

那時，我們都想不到，原來還有更大的挑戰在前方等著我們。

11.

最意外的禮物

原來「悲」和「喜」這兩種感覺交雜在一起，嚐起來竟是苦的！對於這個新生命，我們欣然接受了。我知道，上帝從來不會送錯禮物。

一切美好的賞賜和各樣完美的恩賜，都是從上頭來，從眾光之父那裡降下來的，在祂並沒有改變，也沒有轉動的影兒。

——《雅各書》

一開始是經常感到疲倦昏沉、盜汗虛脫，後來手、腳的指甲都開始發白，大約有一半的指甲漸漸脫落，我的體重下降，月經也兩個月沒來了。

我去看了中醫，吃了兩個禮拜的中藥不見改善，朋友建議我去大醫院看內分泌科。

醫生看了我的驗血報告，懷疑是子宮內膜瘤，要我轉診去婦產科做更進一步的檢查。

沒想到，婦產科醫生做了檢查後，竟然告訴我：「恭喜妳，妳懷孕了！妳月經兩個月沒來，妳沒想過自己有可能懷孕嗎？」

當下，我感到一陣天、崩、地、裂！

我從沒想過自己還會再懷孕，回想兩年多前，老大出生後，我和先生很希望能再有第二個寶貝，但是努力了很長一段時間，都沒有消息，於是我們聽從朋友的建議，去馬偕醫院的不孕症專科做檢查。

檢查結果出來，醫生說我先生一百個精子中，只有一個是有功能的，而我的卵子數也已經下降，要自然受孕的機率微乎其微。

當時，先生抱著科學家求證的精神，又去找了另一家醫院做檢查，兩次檢查的結果都一樣。

那時，我們經過了半年的禱告，上帝用聖經中亞伯拉罕和撒萊求子的故事，分別回應了我和先生，讓我們有信心安靜等候。再加上認真運動調整體質、精準的計算日期，好不容易才終於有了第二個孩子。

對我們來說，二寶是從天上掉下來的奇蹟寶寶，擁有這兩個寶貝，我們已經心滿意足，從來沒想過竟然還會有第三個孩子！

況且，自從先生出院後，我們的關係如履薄冰，這幾個月以來，我們只有一次，微乎其微的機率，怎麼會一次就中？

上帝是在跟我開玩笑嗎？

我在婦產科診間，不顧形象地崩潰大叫：「這怎麼可能？我先生得了癌症，我們全家還在努力抗癌，我怎麼可以在這時候懷孕！」

醫生很淡定地安慰我：「孩子要跟妳，就是要跟妳，很多人想生孩子，都還生不出來呢！」

我一路思緒混亂地離開醫院，老實說，再度懷孕比先生生病還要教我害怕，想到要再一次承受懷孕生產的痛苦、養育三個孩子的壓力……我眞的情願我是長腫瘤，而不是懷孕。

但是，我明白，沒有一個生命是偶然的，更何況這個寶寶，在科學上是幾乎不可能會有的，上帝卻在這時候，把我腹中的新生命託付給我，同時教我生與死的功課，祂在告訴我，生命掌握在祂的手中。

祂說有就有；祂說成就成，祂能使無變有。

那天晚上，等孩子們都睡了，我告訴先生：「我有事要跟你說。」

已經不記得有多久，我們沒有好好坐下來聊天了。我們各自坐在床的一邊，只隔著短短的距離，感覺卻像是相隔天涯。

我開門見山告訴他：「我懷孕了。」

他驚訝地看著我，笑了，兩行眼淚卻同時從眼眶裡飆出來。

悲喜交加……

原來「悲」和「喜」這兩種感覺交雜在一起，嚐起來竟是苦的！

對於這個新生命，我們有太多的無奈和無力，我們連明天如何都不知道，又有什麼能力負起三個孩子的責任？

但是，事已至此，我也只能牙一咬、眼一閉，欣然接受了。
既然這是上帝送來的禮物，我知道，上帝從來不會送錯禮物。

12.

我的黃金時代

孩子或許佔據了我的時間，但是我的夢想卻因此變得更寬廣。我突然領悟到，其實我的黃金時代從未過去，因為，她們才是我的黃金時代！

耶穌第三次問他：「約翰的兒子西門，你愛我嗎？」彼得因為耶穌第三次問他：「你愛我嗎？」就憂愁起來，對耶穌說：「主啊，你是無所不知的，你知道我愛你。」耶穌說：「你餵養我的羊。」

——《約翰福音》

我懷孕的消息傳回娘家，立刻引起一陣軒然大波。

家中的長輩很心疼我，擔心我往後的生活，直言勸告我：「有沒有想過，妳以後很可能要一個人養育孩子，還要照顧生病的先生，妳能夠負擔得了再多一個孩子嗎？要理性處理，不要拖，越拖會越捨不得……」

言下之意，是要我放棄我肚子裡的小生命。

年輕的時候，我也認爲，女人有身體的自主權，可以決定自己要不要生孩子，不需要爲了孩子犧牲自己。但在認識那位創造宇宙萬有、生命源頭的造物主之後，我知道，每個孩子在上帝眼中，都是珍貴的小星星。上帝把孩子託付給父母，孩子不是屬於父母的，父母只能盡力塑造孩子，成爲孩子的榜樣，幫助孩子散發屬於他們的光芒，沒有辦法決定孩子的未來。

如果這個小生命不是屬於我的，我又有什麼權利決定他的生死？如果這個小生命是屬於上帝的，那麼，上帝難道不會爲他、爲我負責到底？

我們不是富裕人家，要養育三個孩子，經濟負擔十分沉重。加上我娘家父母都已經七十多歲了，沒辦法幫我照顧孩子，家裡又沒有其他幫手，我簡直孤立無援。

在先生生病前的這五年多以來，我大部分時間都花在孩子身上，只能利用清晨和深夜的時間工作，想不起來我已經有多久沒有看電視，或是好好讀完一本小說了。

原本以爲只要捱到老二上幼兒園以後，我就會輕鬆一點，現在，有了第三個孩子，我還要再被孩子綁住多久？

和大多數的媽媽一樣，擁有「母親」這個身分之後，我時常感嘆人生的黃金時代已經過去。我從年輕時腳踩細跟高跟鞋，變成只穿不需要彎腰伸手、可以直接把腳套進去的懶人鞋；從出門一定要化妝，淪落到經常素顏見人，到後來連臉都忘了洗。

朋友約我出去，我必須先聲明，「我會帶著小孩一起去。」客戶約我開會，我也要先報備，「不好意思，我只能開會開到四點，因爲我要去接小孩放學！」

好多的限制、好多的責任，好少屬於自己的時間。

但是，我發現，在這些每天繞著孩子團團轉的時光裡，我的笑容變多了，世界變得單純了；我的慾望變少了，生活變得簡單了；我把自己縮小，愛，就變大了。

孩子或許佔據了我的時間，但是我的夢想卻因此變得更寬廣。有了孩子，就有更多值得期待的事。夢想可以從過去一個人的生涯規劃，拓展到一家人的美好生活藍圖，一直延續到下一代、下下一代……

養育孩子雖然很辛苦，卻也是無比的滿足。每天擁抱我的寶貝們，享受她們對我天眞而誠摯的愛，聽著她們用甜甜的聲音叫「媽媽」，我突然領悟到，其實我的黃金時代從未過去，因為，她們才是我的黃金時代！

三寶的到來，對我先生來說，像是吃下了一劑定心丸，他在臉書上高興地向好友發佈喜訊，寫下：「很開心即將第三度當爸爸，看來，上帝要留我！」

然而，懷孕並沒有讓我和先生的關係有所改善，我們之間仍然被冷漠和疏離隔絕著。他沒有主動告訴我他後續的回診狀況，我想關心他也無從關心起。

到了九月，差不多是他停用標靶藥物三個月後，他甚至開始不說話，我和他講話他也不回應，傳訊息給他也已讀不回……他到底是怎麼了？真的要把我當成陌生人嗎？

我還是持續傳訊息給他，過了幾天，他終於回訊息給我，卻是一堆看不懂的亂碼，我直覺想到：他的大腦一定又出了狀況。

13.

腦部的不定時炸彈

先生腦部的九顆腫瘤像是不定時炸彈，隨時都會引爆。腫瘤長大的速度一點兒都不輸給我腹中胎兒成長的速度，很快的，這一天還是來了……

看哪，我要做一件新事；如今要發現，你們豈不知道嗎？
我必在曠野開道路，在沙漠開江河。
——《以賽亞書》

我和弟弟陪他回北榮檢查，發現他的大腦腫瘤原本在四月時已經手術清除乾淨，現在又長出了九顆新的腫瘤，最大的那顆在記憶區，大約有三公分，影響了他的記憶功能，讓他想不起自己要表達什麼，也忘了怎麼用手機輸入文字。

原來，這段日子，他不是不說話，而是他忘了要怎麼說話。

先生的病彷彿開啓我對大腦的知識領域，我這才知道，原來大腦記憶區不是只幫助我們去記得曾經發生的事情，當大腦記憶區受損，也不是只有像電影演的「失憶」那麼簡單，還有許多經由學習而得來的生活自理能力，也都會受到影響。例如：刮鬍子、開瓦斯爐……

在語言方面，我原本以為說話的能力應該由大腦的語言區來掌管，沒想到第二語言和大腦的記憶區息息相關。記憶區受損後，先生只說得出他的母語——閩南語，對於學齡期才學的國語，他只說得出一些簡單的單詞。

醫生趕緊安排他做了第一次化療，之後預計每三個禮拜就要做一次。

我問醫生，「那他總共要做幾次化療？」

醫生回答：「做到不能做為止。」

意思是，以我先生的狀況，化療並不會讓他痊癒，只能把腫瘤控制住。若他免疫力夠好，他可能可以撐個好幾年，但若一旦免疫系統完全崩壞，那就是醫生所謂的「做到不能做為止」。

我問醫生：「他的病情有可能會好轉，好轉到不需要再化療的程度嗎？」

「有。」醫生點點頭說：「根據我的經驗，三百個病人當中會有一個。」

我可以期待，我先生會是三百個病人當中的那一個嗎？

接受了一次化療後，先生的大腦功能很快就恢復了，他又可以正常地說話、打字。

固執的他，不願意繼續接受化療，也拒絕去做醫生建議的全腦放療，他開始喝氫水、吸氫氣，去看中醫，經常爬山接觸大自然，洗溫泉、喝薑湯，讓體溫升高，造成不利癌細胞生長的環境……

他是學科學的人，我知道他的判斷一定有相當的科學根據。只是我心裡隱約感到不安，若癌症真的那麼容易對付，怎麼還會是國人十大死因第一名？

先生腦部的九顆腫瘤像是不定時炸彈，蓄勢待發，隨時都會引爆。事實上，腫瘤長大的速度一點兒都不輸給我腹中胎兒成長的速度，很快的，這一天還是來了……

從九月底開始拒絕化療，少了藥物的副作用，先生的精神和體力都越來越好，經常接觸大自然也讓他心情開朗不少，加上早睡早起的規律作息、精心調製的飲食，他看起來甚至比大多數人還要健康。

到了十一月中，他去翡翠灣參加弟兄團契三天兩夜的營會，從營會回來後，他的身體狀況急轉直下，開始嗜睡，連續幾天都睡到快中午才起床。我起先以爲是參加營會，體力消耗太多，需要補眠，但是漸漸的，我發現他說話的聲音變得很小，也不太開口說話，甚至連行動都變得遲緩，走路比老人家還要慢，經常只是呆坐在那裡，對週遭的人事物都沒有反應。

我猜想，應該又是大腦當機了！我提議回北榮去做檢查，他卻堅持不肯。後來，弟弟建議我們去住家附近的大醫院急診，看看能不能請醫生吊點滴、降腦壓。

我陪先生去附近的大醫院，做了腦部電腦斷層，醫生說他腦水腫的情況非常嚴重，左腦壓迫到右腦，整個大腦都變形了，再這樣下去，會有生命危險。但是由於這家醫院沒有先生之前的病歷，無法替他做處置。醫生趕緊替

我們安排，要我們立刻坐救護車去北榮。

但我先生仍堅持拒絕了！可能是之前在北榮治療的過程中，留下太多不好的回憶，先生說什麼都不肯回去北榮。

只是，都什麼時候了，幹嘛還要堅持己見？爲什麼大腦都已經受損成那樣了，還可以有那麼多自以爲是的執著？

只能說，人眞的好可憐，根本什麼都掌握不了，卻仍舊想要用盡全身的力氣，抓緊手上的那一點點。

我勸不動先生，只好把情況告訴先生的弟弟，向弟弟求救。

我的公公、婆婆和小姑聽聞消息，紛紛著急地趕來台北，向他們的兒子、哥哥展開親情攻勢，這才成功說服我先生到北榮就醫。

有了上一次的經驗，我心想這次免不了又要住院幾天，打類固醇舒緩腦部水腫的狀況，再和醫生討論後續的治療。

婆婆和小姑體恤我的辛勞，要我留在家裡準備接孩子放學，預備長期抗戰，由他們陪我先生去醫院，我隔天再去醫院就好。

他們出發後，我心裡的大石頭總算放了下來，我享受幾分鐘的寧靜時光，準備水果和點心給孩子放學回家後吃。

孰料，在從托嬰中心接妹妹回家的路上，我收到小姑傳來的訊息：「哥哥腦出血，醫院要爸爸媽媽簽『放棄急救同意書』。」

這是什麼意思？我才想要打電話問個清楚，又收到一封訊息，是一張通知書，上面寫著——「病危通知單」。

不是只要吊點滴降腦壓，就可以暫時解除危機嗎？怎麼會是「病危」？

我立刻帶著兩個孩子直奔北榮。

14.

你在黑夜中閃耀

原想好好大哭一場，宣洩壓抑的情緒，但奇妙的是，此時籠罩我的，竟是一股出人意外的平安。我的先生在加護病房命在旦夕，我最小的孩子還沒出生……

為這事，我三次求過主，叫這刺離開我。但祂對我說：「我的恩典是夠你用的，因為我的能力在人的軟弱上顯得完全。」

——《哥林多後書》

病危，表示病患病情轉重，性命危急，醫院希望家屬陪同在側。萬一需要急救，家屬可以立刻做決定，或是和病人說說最後的幾句話。

但我不是帶孩子去見爸爸最後一面的，我們是去爲爸爸加油的！

一路上，我思緒混亂，只能在心裡不停向上帝呼求。我不知道到了醫院會是什麼樣的場面，也怕孩子搞不清楚狀況，會亂講話，所以我決定不隱瞞孩子，讓小孩也清楚我們正在面臨的挑戰。

我告訴希希：「爸爸……可能會去耶穌的家。」

她聽了，沉默了一會兒，才小小聲地說：「那我會很想很想爸爸。」

「所以我們要禱告，求耶穌幫助爸爸，讓爸爸的身體好起來，讓爸爸可以陪妳們長大。」

她點點頭。我不知道她到底明白了多少，「死亡」對五歲小孩來說畢竟太抽象。

雖然計程車司機已經開得飛快，我還是覺得這趟車程好漫長。

希希正值嘰嘰喳喳喜歡講話的年紀，禱告完了，她開始想找話題跟我聊天，但我根本無心聽她說話，只好提議說：「我們來唱詩歌。」

她問：「要唱哪一首歌？」

「妳來選。」

「我不知道，我想不起來……媽媽，妳選。」

我搜尋腦海裡的歌曲庫，唱出了一首詩歌：「一步又一步，這是恩典之路，祢愛，祢手，將我緊緊抓住……」

這是我和先生在婚宴上合唱的歌。

到了北榮，教會的牧師和弟兄姐妹也在第一時間趕到，成爲我很大的支持和力量。他們爲我先生和家人禱告，幫忙照顧孩子，讓家屬們可以專注的和醫生討論病情。

醫生說，我先生腦部最大的那顆腫瘤，被腦壓擠破，造成出血。血塊堆積在延腦附近，延腦是生命中樞，若血塊移位，壓迫到腦幹，隨時會呼吸中止，若壓迫到大腦，則有可能造成肢體癱瘓。

醫生請家屬決定，萬一病患突然呼吸中止，要不要插管？

我想到我先生一向非常獨立有主見，什麼事都要自己決定，不喜歡別人替他安排，沒想到這個關乎生死的決定，卻要我來替他做。

我沒有辦法替他做決定，只能祈求上帝：「拜託，不要讓這事發生！」

到了晚上七點，急診加護病房開放讓家屬進去探病。

我抱著小女兒，牽著大女兒，肚子裡還有一個六個多月大的三寶，來到先生的病床旁。先生躺在床上，手上插了很多管子，他清醒著，無法說話，我也不曉得他的意識到底清不清楚。

從他的眼神，看得出來他認得我們，但是，他沒辦法做出任何反應，眼淚從他的眼角流下。

我對他說：「你是特戰部隊！你要起來打仗！我們是屬於上帝的，不要讓魔鬼得逞！你要讓我一個人上產台嗎？你不想抱抱我們的小寶貝嗎？起來打仗，而且一定要打贏，我們等你回家！」

我帶著孩子們，一起爲爸爸禱告。除了禱告以外，我們什麼也不能做。

但是，上帝什麼都能做。

加護病房開放探病時間只有限定半小時，因爲守在醫院也沒有用，所以探病時間結束後，我就帶著孩子回家休息，萬一先生有什麼狀況，醫院會立刻打電話通知我。

回到家裡，安頓好孩子睡覺，已經十點多了。我獨自來到上帝面前，原想好好大哭一場，宣洩壓抑的情緒，但奇妙的是，此時籠罩我的，竟是一股出人意外的平安。

我的先生在加護病房命在旦夕，我最小的孩子還沒出生，今晚我必須警醒待命，隨時都有可能會接到醫院打來的電話，未來不曉得還有多少辛苦艱難的道路要走……但是，那又怎麼樣呢？

我心裡有個聲音對我說：「死了的人是去天上享福，活著的人有耶穌照顧。」

無論生死，只要在上帝的國度裡，都是一種祝福。

再長的夜，再深的黑，祢在黑夜中閃耀。

15.

愛在他的心裡復活了

對於一個右腦情感功能受損的人來說，能夠看見別人的需要，有感覺，並且表達關心，簡直是個奇蹟！或許他的大腦情感功能受損，但是愛卻在他的心裡，復活了。

原來我們所顧念的，不是看得見的，而是看不見的；因為看得見的是暫時的，看不見的是永遠的。

——《哥林多後書》

先生持續在加護病房觀察，他出血的部位無法動手術，只能等待血塊自然代謝。

除了施打類固醇降腦壓，舒緩腦水腫的狀況，醫生也沒有別的方法。他的每一個呼吸，每一口氣息，都只能靠上帝的手托住。

隔天一早，我在加護病房開放探病的時間去看他，他還是不太能夠說話。我握著他的手，爲他禱告，他也握著我的手。

雖然沒有言語，但這一刻，一直阻隔我們之間的那道隱形高牆，彷彿被拆毀了，我們緊緊相連，並肩作戰。

爲了預防腫瘤持續長大，造成腦部壓迫或血塊移位，我們也在和醫生討論後，購買標靶藥物抑制腫瘤。

護理師看到我隆起的肚子，特別來關心我：「醫生有跟妳說明妳先生的狀況了嗎？」

「有。」

「那妳有做好心理準備了嗎？」

我點頭。我們早已準備好，要把一生年日都交在上帝手中。

類固醇讓先生的腦壓降低，他的精神、體力也變好，漸漸能夠說話了。但是，他卻語無倫次說著我們聽不懂的話。一會兒說半夜有人在開派對，吵得他不能睡覺，一會兒說有人突襲他，他必須奮力反擊。我每次去看他，他都吵著要離開加護病房。醫院爲了保護他，怕他傷害自己，只好用束帶把他綁在床上。

護理師告訴我，這是「加護病房症候群」，很多病人來到加護病房，因爲二十四小時都躺在床上，和外界失去聯繫，也失去時間感，精神壓力大，所以會有類似精神錯亂的狀況，大多數的病人只要離開加護病房，就會恢復正常。

但是在我眼裡，我認爲這是天使和魔鬼的戰爭，在生死的交界處，黑暗與光明的兩股勢力在打仗。靈界是眞實的，最終，每個人都要面對一個問題，就是：你的靈魂到底屬於哪一國？

好多教會的牧師和弟兄來爲他禱告，先生的好友們也從全台各地特地來探望他，他們的關心和愛像是一道道防護網，把魔鬼的勢力擋在外面。

上帝的光照進來，黑暗就離開。

五天後，先生的狀況穩定，可以從加護病房轉到一般病房了。對於自己怎麼會進醫院，這幾天發生了什麼事，他幾乎一無所知，只有模模糊糊片斷的記憶。

他覺得自己好像一直在夢魘之中，一個噩夢接連一個噩夢，他在夢裡一直繃緊神經、對抗敵人，現在才總算脫離這場夢魘。

能夠再看到窗外的天空，即使是灰濛濛的一片，也是何等美好。

現實世界雖然不完美，但絕對比黑暗世界要溫暖可愛多了。

歡迎回來！

在鬼門關走一回之後，先生似乎也經歷了重生，拾回了往日的積極開朗，他的大腦似乎也出現了一些變化。

一天，我照往例，煮了幾道菜、燉了雞湯拿到醫院給他吃，他看到我懷孕七個月的大肚子，主動把沙發上的衣服物品清空，對我說：「妳坐著休息一下。」

或許對一般人來說，這只是簡單的幾句關心，但是這樣的對話，卻已經好久好久沒有出現在我們夫妻之間。對於一個右腦情感功能受損的人來說，能夠看見別人的需要，有感覺，並且表達關心，這就像癱瘓的人能夠走路一樣，簡直是個奇蹟！

後來，先生告訴我，那時，他看到我挺著懷孕的肚子在病房裡忙進忙出，突然間，他的腦海中閃過一句話，是聖經給女性角色最好的定位和評價，那句話是：「才德的婦人。」全文是：「才德的婦人誰能得著呢？她的價值遠勝珍珠。」

先生向我承認，從結婚以來，他經常在心裡抱怨，覺得我和他所期待的「好太太」形象落差甚大，他覺得我不夠溫柔、不夠聰明、家務做得不好、辦事也不夠牢靠……他不知道上帝爲什麼要給他這樣一個不及格的太太。

直到那一刻，他才覺得我就是他唯一的、最好的太太，是值得他相伴一生的「牽手」，他爲我們的婚姻，深深感謝上帝。

雖然我知道，我和聖經形容的「才德的婦人」其實還有很大的差距，但是我能夠感受到先生心裡對我的認同和肯定。

在這個時候，所有的辛苦，都不算什麼了，就算要我繼續辛苦下去，我也甘之如飴。

我和先生淚眼相對。或許他的大腦情感功能受損，但是愛卻在他的心裡，復活了。

16.

愛是最強大的武器

只要心裡感覺幸福，我們就可以一直撐下去。癌症是場長期抗戰，而「愛」是最強大的武器。我們已經準備好，要全家一起聯手，把癌細胞殺個片甲不留。

> 我深信無論是死，是生，是天使，是掌權的，是有能的，是現在的事，是將來的事，是高處的，是低處的，是別的受造之物，都不能叫我們與上帝的愛隔絕；這愛是在我們的主基督耶穌裡的。
>
> ——《羅馬書》

「嗨，爸爸，我們要睡覺囉。」希希帶著妹妹，和住院的爸爸視訊通話，這是她們每晚上床前必做的事。

在爸爸生病的這半年，孩子們不知不覺都長大了。

上了大班的希希，越來越有大姐姐的風範。

她開始學習寫字，喜歡模仿小學生坐在桌前寫功課、預備考試，也會用她的方式來關心媽媽。

一天，她看到我拿著錄音筆，準備要出門要去採訪廣告案的業主，我大致跟她解釋了「記者」的工作內容。

她問我：「妳想好妳要問人家的問題了嗎？」

「想好了。」

「妳有寫下來嗎？」

「有。」

「那妳有複習嗎？」

我笑了，五歲孩子的思維眞的好可愛。

一歲半的妹妹，已經走得很穩，也很會說話，能夠用語言表達她的想法了。她會對著手機畫面，很興奮地叫「爸爸」，也會在我陪她睡覺時，幫我蓋棉被，唱搖籃曲給我聽。

表面上是我在照顧孩子，實際上卻是孩子們在照顧我，因爲有這兩個天使般的寶貝，讓我面對再艱苦的日子，心裡都是甜的。

至於肚子裡的三寶，對不起，媽媽常常忘了妳的存在……

儘管到了懷孕後期，我的肚子已經很明顯了，在家裡只有我一個成年人的情況下，我還是經常必須忽略自己是個孕婦。

抱小孩、搬重物、爬上爬下……很多孕婦不宜做的事，我通通都做了，而孕媽咪最好要定期做的產檢，我則是時常忙到沒時間去做。還好三寶一直都很安穩地待在我的肚子裡，沒有讓媽媽太難受。

看來，一個人照顧三個孩子的日子，其實也還吃得消……

只要孩子不生病。

某個星期四傍晚，希希搭校車回家，臉色看起來不太好。我帶她搭電梯上樓，一走出電梯，她就在家門口吐了一大灘。

回到家後，她躺在床上休息，一連吐了四次，連喝水也吐。每吐一次，我就立刻更換床單，家裡所有的床單都被用完了。

我帶希希去看醫生，醫生說，希希感染了諾羅病毒，開了止吐塞劑給她，並下令不要給她吃任何東西，讓腸胃休息，這才沒有繼續嘔吐。

沒想到晚上九點多，妹妹也吐了，我擔心她可能被姐姐傳染，連忙帶她去醫院急診。

家裡只有我一個大人在，只要我出門，孩子們也都得跟著我出門。我讓生病的姐姐坐推車，妹妹則黏著媽媽不放，硬是要媽媽抱，肚子裡的三寶成了她的坐墊。

好在只是虛驚一場，妹妹只是感染了一般感冒，可以正常飲食，幾天後就會自然痊癒。

我一路安撫孩子到半夜，她們總算都睡了，我到陽台清洗一大疊更換下來的髒床單。

做完家務，我一碰到枕頭，就立刻睡著。

儘管體力消耗到了極限，但是我的心情卻是愉悅的。

我回想以前孩子生病時，經常是我和先生吵架的高峰期。我們會爲了各式各樣的小問題而各執己見，例如：孩子咳了兩天，該不該去看醫生？健保卡上次是誰拿走的，爲什麼用完後沒有放回原位？醫生開了三天份的藥，該不該全部吃完？

我們的觀念不一致，因此無法同心協力，一起照顧生病的孩子。爲了避免爭執，我們決定當孩子生病時，就由媽媽一個人來照料孩子就好，反正生病的孩子也一刻離不開媽媽。

雖然這是我們兩個人協議好的，我的心裡還是會覺得很不是滋味。每當孩子生病，我守在孩子身邊徹夜未眠，我都忍不住會偷偷計較著，爲什麼都是我在做，孩子的爸爸卻可以表現得事不關己？

孩子生病了，我緊張焦慮、心如刀割，孩子的爸爸卻泰然自若，有時還會在旁邊補幾句風涼話。

現在，我仍舊和以前一樣，自己一個人帶孩子去看醫生，自己一個人處理一切大大小小的事情，但是，少了計較和比較，我的心境豁然開朗，我把照顧孩子視爲「特權」，能夠陪伴在孩子們的身邊，我何其有幸。

無論身體再怎麼疲累，只要心裡感覺幸福，我們就可以一直撐下去。

癌症是場長期抗戰，而「愛」是最強大的武器。我們已經準備好，要全家一起聯手，把癌細胞殺個片甲不留。

17.

生命仍在倒數計時

別人是七年之癢，我們是直到第七年，才體認到我們是無法分離的生命共同體。癌症誠然是可怕的噩耗和災難，卻也帶給我們寶貴的祝福和收穫。

生命最長久的人，並不是活的時間最多的人。

——一九七〇諾貝爾文學獎得主亞歷山大．索忍尼辛

在醫院待了近三個禮拜，先生終於情況穩定，獲准出院。

原本醫生評估，他就算可以僥倖活下來，腦部功能也很難恢復，日後說話、行動能力都會退化，可能需要有人隨身照顧。

沒想到他復原的狀況超乎預期。北榮神經外科醫生看見他行動自如，思考邏輯都很正常，嚇了一跳，直說：「從來沒看過有人恢復得這麼好！」

從核磁共振的影像看起來，先生腦部的九顆腫瘤都已經縮小了一半，暫

時不會影響到腦部功能。或許這是標靶藥物的作用，或許是人類堅韌的生命力，但又有誰能說，這不是上帝的保護和超自然的醫治呢？

胸腔內科主治醫師也對我先生的病情發展感到驚訝，他調閱了九月份那次化療，和十一月這次入院前的肺部影像，好奇地問我先生：「你這兩個月之中沒有吃藥，也沒有做化療，但是你肺部的腫瘤縮小了二公分，你到底都做了些什麼？」

回想起來，這兩個月之中，他做了好多努力，但始終人算不如天算，上帝要做的事，沒有人可以攔阻；上帝不做的事，人再怎麼努力，也難勝過天。

出院以後，先生繼續服用標靶藥物抑制癌細胞的轉移，他仍然努力地嘗試各種方法，希望能得到百分之百完全的醫治。

雖然恢復健康是我們的心願，卻不是我們最在意的事。能夠活下去又怎樣？不能活下去又怎樣？重要的不是活多久，而是活著的意義。

自從先生生病之後，我常思考一個問題：如果人生只剩下最後一天，我會想做什麼？

我想，我仍會想過著和昨天、今天一樣的日子。爲家人準備餐點、送孩子出門上學、享受工作、關心身邊的朋友、睡前全家人一起禱告、講床邊故事、告訴我的寶貝們我有多愛她們……

所有我想做的事，我幾乎每天都在做。至於那些我還沒做的事，像是環遊世界、換新車、住豪宅、瘦五公斤……其實做與不做，也不是那麼重要。

每天感謝上帝所賜予的一切，扮演好自己的角色，珍惜擁有的幸福，並且也讓別人感受到幸福，就是無憾、無愧、無價的人生。

在地如同在天。

二〇一七年的冬季，這年冬天氣候特別溫暖，我們過著和一般家庭一樣，平凡又幸福的小日子。

屋子裡洋溢著孩子的歡笑著、嬉鬧聲，偶爾也會傳來一些刺耳哭聲和尖叫聲。家裡總是有灑滿一地收拾不完的玩具、倒不完的垃圾和還沒洗的衣服，也總是有全家人圍著餐桌，共享晚餐，爲彼此禱告祝福的歡樂時光。

和以往不一樣的是，我和先生找回了起初的愛，病後餘生，這場疾病改變了我們的關係。我們的相處模式不再充滿刀光劍影、唇槍舌劍，我們有更多時間陪伴在彼此身邊，享受日常生活中的小事，品味患難與共的甘甜。

以前他會對我的不拘小節看不過眼，現在他能夠體諒我日理萬機的辛勞，包容我的健忘；以前他不喜歡我埋首工作，認爲我只要扮演好家庭主婦的角色就好，現在他開始支持我的工作，甚至會主動幫我蒐集工作所需的資料。

我們即將邁入婚姻的第七年，別人是七年之癢，我們是直到第七年，才開始更靠近彼此，體認到我們是無法分離的生命共同體。

患難見眞情。癌症誠然是可怕的噩耗和災難，卻也帶給我們寶貴的祝福和收穫。

我來了，是爲了叫人得生命，並且得的更豐盛。

腫瘤還在，癌細胞還在，生命仍在倒數計時中。

然而，人生無常，每天都有天災人禍發生，誰能預知自己能活到哪一天？誰的生命不是在倒數計時中呢？我們只是比較幸運，聽得到時鐘「滴答、滴答」倒數計時的聲音，這聲音提醒我們，在世的每一個日子，都是一份珍貴的禮物。

我們不曉得上帝要把我們一家帶到哪裡去，也不知道這趟生命旅程終點在哪裡？答案是什麼？但我們會一直往上帝要我們看的方向去找尋……

我們抬頭往上看。

18.

只能把握活著的每一天

我們不知道還剩下多少時間，也不知道會留下多少遺憾，只能把握活著的每一天，盡心、盡性、盡意、盡力地去愛，讓自己沒有後悔。

那在你們裡面的，比那在世界上的更大。

——《約翰壹書》

轉眼間二〇一七年已經來到了尾聲，送走了這動盪不安的一年，我們很期待上帝在新的一年對我們的計劃。

由於產期將近，我也放下了大部分的工作。每天早上把孩子送到學校後，就是我和先生約會的時間。我們一起吃早午餐、在家看ＤＶＤ，偶爾我也會陪他到醫院回診，看完醫生後，我們就上陽明山吃野菜、泡溫泉。

先生對陽明山情有獨鍾，覺得那地方空氣好、環境清幽，很適合養生。

他說：「如果人生還有什麼夢想，我想搬到陽明山來住。」

我回應他：「你這個夢想也太大了！你知不知道陽明山是富豪聚落？房價可能比大安信義區還要貴。」

「是喔？我以爲山上的房子應該很便宜。」他有些失望。

「陽明山上有一些老人安養院，不然你老了以後去住那裡好了。」我開玩笑地跟他說。

我們多希望能一起白頭到老。

台北一〇一的跨年煙火才剛放完，很快又來到了農曆春節，這是家族團圓的時節。由於三寶的預產期就在農曆年前後，所以我們今年破例沒有返鄉過節，改邀請家人們來台北，一起圍爐吃團圓飯。

先生陪我去菜市場採購準備年夜飯的食材，結婚這麼久，我們第一次一起去逛菜市場。觀念傳統的他，一直認爲男人應該在外面打拼，家裡的事就由太太負責，我們週末偶爾帶孩子一起去逛大賣場，也都是我去買菜，他流連在3C家電區。

除了利用各種機會陪伴我，先生也花更多時間陪伴孩子，他經常在睡前帶著孩子讀聖經，或玩些只有爸爸才覺得好玩的遊戲。例如，爸爸會假裝要親希希，等希希把臉靠過來，他就在希希臉上咬一口，惹得希希大哭，向我投訴說：「爸爸咬我！」我只好去收拾殘局、安撫孩子，常常被他們父女三人弄得哭笑不得。

農曆春節的第七天，三寶來報到了！先生陪我到醫院待產，原本以爲生第三胎產程應該會快一點，沒想到卻比前兩次的生產經驗更煎熬。

然而，現在的我，已經不再是過去的我。前兩次生產，我都因爲受不了疼痛而哭喊，這一次，我卻很冷靜沉著，陣痛來時，我不再試圖和疼痛對抗，我保留力氣，默默在心裡讀秒，轉移注意力。

我知道，再劇烈的痛苦，也都會過去，人生沒有什麼關卡是過不去的。

經歷了十七個小時的陣痛，三寶終於來到了這個世界。先生進行「賽後分析」，誇獎我說：「我覺得妳變得和以前不一樣了，我感覺妳裡面好像有一股很強大的力量在支撐妳，讓妳變得勇敢。」

我微笑點頭，知道這些年爲人妻、爲人母的經歷，已經把我從一朵嬌嫩的小花，熬煉成堅強的松柏。

寒風吹來，我不會再瑟縮躲藏，我將迎風而戰。

雖然是第三次當爸媽，我們依舊流下了感動的淚水。小小的嬰孩抱在懷中，帶給我們無比的甜蜜和滿足。兩個姐姐也興奮地來醫院看她們的「新妹妹」，三個小女生同時擠在爸爸身邊，那畫面在我心中，是人間最美的風景。

無論癌症是多麼難纏的疾病，我們都要盡最大的努力，好好守護三個寶貝長大。

住院休養的那三天，對我而言算是短暫的休息。我請親戚幫忙照顧老大和老二，讓我可以享受幾天和三寶妹的獨處時光。望著寶寶稚嫩的小臉，我想像長大後的她，會是什麼模樣？

我們又有多少時間，可以陪伴她長大呢？

住在醫院的最後一晚，想到明天就要回歸現實生活了，我感到莫名的憂慮。那天晚上，我做了一個夢，夢到三寶妹穿著白紗，走在教堂的紅地毯上，我看著她的背影，她在我眼中，是全世界最漂亮的新娘子。

畫面隨著新娘的腳步，移到了觀眾席第一排，我是坐在第一排的主婚人，而我旁邊另外一個主婚人的座位，是空著的。

當我從夢裡醒過來時，淚水已經沾濕了枕頭。我不知道這個夢會不會是一個預兆，暗示我孩子的爸爸活不了那麼久，他看不到孩子結婚……

想到以後每個重要的場合，我可能都要一個人孤單地面對，我的心中裝滿了憂傷，眼淚停不下來，我一個人在病房裡，好好地哭了一場。

我們不知道還剩下多少時間，也不知道會留下多少遺憾，我們只能把握活著的每一天，盡心、盡性、盡意、盡力地去愛，讓自己雖有遺憾，但是沒有後悔。

寶寶出院回家後，和預期中的一樣，我們開始了打仗般的日子！白天有月子褓母來幫忙，我可以充分休息，晚上七點月子褓母離開後，我和先生照顧三個「小鬧鐘」，耳朵幾乎沒有一刻清閒，等到老大、老二入睡後，我們才可以享有一點點私人的時間。

先生體恤我半夜要照顧寶寶，不能好好睡覺的辛苦，所以常利用睡前的短暫片刻，幫我按摩肩頸，他的舉動讓我受寵若驚。回想這些年，我經常向閨蜜戲稱我先生爲「大老爺」，什麼時候「大老爺」竟然變得如此貼心？我像走在雲端上，感覺有點飄飄然了！

「你幹嘛對我這麼好？」我開口問，想把自己拉回現實。

「我就是要改變妳對我的成見！」他的性格還是一樣不肯服輸，但也正是因爲他那超乎常人的堅持和毅力，才能讓我們不斷跨越難關，一路走到這裡。

有一晚，孩子都睡了，我和先生躺在床上聊天。我們聊起我們的教會在今年初重新裝潢，許多地方都改變了。

「你還記得我們第一次見面，是在地下一樓那個大燈籠造景前面嗎？」我說：「現在那個大燈籠已經被拆除了。」

「我記得啊！」他回答，「我還記得妳那天穿著一件藍色的衣服。」

「是嗎？我都忘了。」

我閉著眼睛，有點昏昏欲睡。突如其來的，他在我嘴唇蜻蜓點水地親了一下！

我們上一次親吻是什麼時候？久遠到我都想不起來了。婚姻生活把我們磨蝕得只剩下生活。

我開玩笑地說：「你是我的王子嗎？要來把我親醒嗎？」

他沒有回答，轉身走出了房間。

一切都正在往好的方向進行。

19.

心，就那樣凍結了

我心裡隱約有不好的預感。不是說是昏倒嗎？怎麼會……沒有歇斯底里的大哭，沒有崩潰沒有嘶吼，我只覺得……心，凍結了。

那日晚上，門徒所在的地方，因怕猶太人，門都關了。耶穌來，站在當中，對他們說：「願你們平安！」說了這話，就把手和肋旁指給他們看。門徒看見主，就喜樂了。

——《約翰福音》

「我留下平安給你們，我留下平安給你們。
我所賜的不像世人所賜的，你們心裡不要憂愁，
我留下平安給你們。」

從一大早起來，這首老詩歌的旋律就一直盤旋在我的腦海裡。三寶妹已經十天大了，今天也是先生腦部每三個月要回診的預約日期，我們期盼能從醫生口中再次聽見好消息。

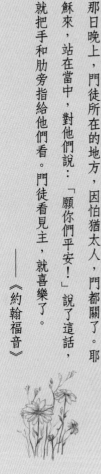

「嘿，你今天早上不是要去複診嗎？已經快十點了，趕快起床囉！」我把先生從被窩中喚醒。

他伸懶腰，躺著掙扎了一下，才慢慢睜開眼睛。

「謝謝妳叫我起床。」

我希望他可以永遠都像今天一樣，對我這麼有禮貌。

也或許，我根本不應該叫他起床的……

先生中午出發去北榮照核磁共振，他出門的時候，我和三寶妹正在睡覺，望著寶寶在小床裡熟睡的樣子，他露出滿足的笑容。

他沒有和我說再見。

傍晚五點多，我打電話想問他今晚會不會回家吃晚飯，電話響了很久，他都沒有接，電話轉進了語音信箱。我知道他晚上預定要去參加一個弟兄團契，我想，他可能直接去了那裡，忘了跟我說。

「不回家吃飯也不提早說一聲，眞是的！都不知道要不要留飯菜給他！」

我忍不住碎唸了幾句，和月子褓母一起手忙腳亂地餵飽三個孩子。

希希似乎察覺到媽媽因爲找不到爸爸，所以心情不太好，她指著牆上爸爸的照片說：「爸爸被關進畫裡面了。」

「那妳要不要去把爸爸救出來？」

她搖搖頭，「我沒辦法救爸爸，只有上帝才可以救爸爸。」

童言童語，有時也很具有參考價值。

月子褓母下班後，朋友接著來訪，幫忙我照顧三個孩子。訪客待到九點多離開，孩子也要準備上床睡覺了。我一邊抱著寶寶，一邊講睡前故事給兩個姐姐聽。

故事講到一半，我手機響了，是一串陌生的號碼。

一定是我先生又遺失了手機，所以借朋友的手機打電話回家！自從他手術以後，記憶力非常不好，光是上個月，就把手機遺忘在計程車上兩次。

我接起電話，是一個陌生的聲音，我沒聽清楚那是什麼單位。對方確認我的身份後，告訴我：「你先生去泡溫泉，被人發現昏倒在那裡，我們現在把他送到醫院急診室，妳趕快過來！」

去榮總回診，然後上山泡溫泉，是我們以往固定的行程。只是，我知道先生下午就已經做完檢查，如果去山上泡溫泉，也應該是傍晚的事，現在都已經九點多了，到這個時候才被人發現昏倒……我心裡隱約有不好的預感。

家裡有三個幼兒，又只有我一個大人在，我哪兒也不能去。我趕緊聯絡先生的弟弟，看他能不能幫忙跑一趟，也傳訊息給教會的牧者和弟兄姐妹，請他們一起爲我先生禱告。

十分鐘後，我的手機又響了。

「我是急診室的醫生……」再次確認我的身份後，對方說：「妳先生被送到醫院時，已經沒有呼吸心跳了，我看他脖子上屍斑都出來了，應該已經過世一段時間了……」

不是說是昏倒嗎？怎麼會……

沒有歇斯底里的大哭，沒有崩潰沒有嘶吼，我只覺得……

心，凍結了。

後來，我才知道，溫泉店老闆和警察從我先生的背包裡，看見了三寶妹的出生證明，知道我才剛生完孩子，所以不敢直接告訴我噩耗，想等我到了醫院再跟我說。

但我還是知道了，我該怎麼辦？

記得小時候，我住在香港，那時大人們口中常談論著一件事，就是九七大限快到了、原本由英國統治的香港快要回歸中國了！當時才五、六歲的我，聽得似懂非懂，但是從大人們憂心忡忡的神情，我知道香港人的生活將要面對很大的挑戰，九七在我不成熟的認知裡，如同世界末日。

我擔憂地問房東阿姨：「香港回歸以後，我們該怎麼辦？」

房東阿姨笑了笑，淡定地說：「舞照跳，馬照跑，我們還是繼續過我們的日子啊。」

從此我知道，天塌下來，也不用太驚慌。舞照跳，馬照跑，日子還是得繼續過下去。

掛上電話，我輕輕地哼著歌：「我留下平安給你們，我留下平安給你們……」我望著我的三個寶貝，從這一刻起，她們再也看不到爸爸了，但是有媽媽在的一天，我就會守護她們到底。

我不想讓她們知道這個消息，就讓她們多快樂幾天吧！

我坐在床邊，很平靜地，把剛才講到一半的故事講完，哼著搖籃曲，哄孩子入睡。

希希說：「媽媽，我們還沒禱告呢。」

平時睡覺前，我都會帶著孩子們一起禱告，但是今天……

「時間很晚了，快睡吧。」我說：「我不想禱告。」

20.

量身訂做的劇本

我曾經以為，上帝量給我的劇本，是要演出一場幸福美滿的婚姻，我也以為，上帝為我們家編了一套抗癌成功奮鬥史。沒想到，我卻要開始扮演單親媽媽的角色。

> 我的上帝，祢費了多少藍顏料，只為了防止我們看到祢啊！
>
> ——希臘詩人奧迪塞烏斯．埃利蒂斯

我一個人帶著三個孩子在家，就算接到先生過世的消息，我也哪裡都去不了。

我不敢向娘家求助，若是他們知道了這個消息，肯定整晚無法入眠。我心慌意亂地用手機傳訊息給教會的牧師，這些年來，教會就像是我的第二個家，先生幾次送急診，都幸好有教會的弟兄姐妹及時幫助我，讓我不至於孤立無援。

孩子們入睡後，牧師立刻帶著一位褓姆來我家，請褓姆幫忙照顧孩子，牧師則陪我趕去醫院。

到了醫院，我先生已經被蓋上了白布。醫生向我說明，我先生是坐在溫泉中離世的，他的面容很安詳，像是睡著了一樣。

一個好好的人，出門時還精神奕奕的，也沒有心臟疾病，怎麼會坐在溫泉裡就死了呢？

當下，我只有一個想法，就是：一定是上帝把他的靈魂提走了！

算一算，我先生死亡的時間，和希希說「爸爸被關到畫裡面」的時間大致吻合，這是父女之間的心電感應嗎？

我看著我先生蓋著白布的軀體，覺得既熟悉又陌生。

之所以感覺熟悉，是因爲我知道他還在，他已經到了天國，正在耶穌身邊，他的靈魂和精神永留存；之所以感覺陌生，是因爲我眼前所見的他，和平時的他好不一樣，他一向生龍活虎、精力充沛，怎麼會死氣沉沉地躺在那裡？那不是他，那只是他的軀體。塵土所造的身體，失去了上帝所賜的那口氣，不過是一堆化學元素的組合。

我的腦海中閃過許多電影畫面和情節，我該搖動他的手，哭天搶地叫他起來嗎？我該趴在他僵硬的身體上，質問他怎麼可以丟下我、自己一個人走嗎？結果，我什麼也沒做。我們圍著他唱詩歌、禱告，匆匆一瞥後，他就被送進了冰櫃。

兩個小時後，我帶著一袋先生出門時穿的衣服，還有他的隨身物品回到家裡，感覺一切是那麼的不眞實。

他的雨衣還在家門外晾著，餐桌的椅背上還掛著他的外套，他應該晚一點就會回家了吧？

他手機設定的鬧鐘響了，冰箱裡有幾顆酪梨，是他前幾天才買回來的，他還在等酪梨成熟，要打成果汁來喝呢！

我們還有三個可愛的寶貝，他這麼努力積極地抗癌，不就是爲了要陪伴她們長大嗎？我要怎麼告訴她們，爸爸再也不會回家了呢？

接下來的幾天，我一邊坐月子，一邊安排喪禮，跑殯儀館、禮儀公司……或許在別人眼中，要處理這些事情，對一個剛生完孩子的產婦來說很殘忍，但我卻從中看見了上帝的仁慈。

正因爲事情發生在我產後不久，所以無論我多麼悲傷，月子餐還是每天準時送到我面前，「茶不思飯不想」的戲碼，與我絕緣。新生兒嗷嗷待哺，幾乎整天掛在身上，看到小寶寶可愛的模樣，我也還是會由衷地微笑，心裡的甜味大過於苦味。

月子褓母和親戚好友幾乎二十四小時陪伴我，和我說說心裡的話，讓我一點兒都不感到孤單。我彷彿是一個從高空墜落的人，看似即將摔得粉身碎骨，上帝卻用祂愛的織網把我撐住，讓我儘管受到驚嚇，卻毫髮無傷，得以安全著陸。

只是，安全著陸後，我的下一步要怎麼走？我終究得面臨「先生離開了，餘生，只剩下我一個人走」的事實……這教我怎能不哭呢？我想起在醫院的最後一晚我做的那個夢，我沒有預知能力，想不到上帝卻藉著這個夢，提前讓我「預支」悲傷，讓我面對天人永隔的巨大傷痛，也能把眼淚「分次攤提」，不讓我去承受超過我所能承受的。

雖然眼淚可以「分次攤提」，一旦額度滿了，我拼命往肚子裡吞的眼淚，終究還是會滿溢出來。

在先生離開的第二天晚上，孩子們都睡了，家裡只剩下我一個大人，我知道自己需要誠實地抒發情緒。

我跪在地上，痛哭失聲，質問上帝，爲什麼容許這樣的事發生？爲什麼上帝奇蹟般地讓先生體內的腫瘤縮小，卻又瞬間奪走他的命？爲什麼上帝賜給我們第三個孩子，卻又不保全她父親的生命？

這些年來，我一直這麼努力地經營婚姻，先生生病後，我更是不計代價，盡心竭力照顧他，我只想讓孩子多享受一些父愛，讓她們擁有多一點和爸爸相處的時光，累積多一點珍貴的回憶，爲什麼上帝卻要在這時候帶走孩子的爸爸？

「求祢對我說話，安慰我的心。」我呼求上帝。

上帝回應了我三個字，像是一道光，照明了我前方的道路。

祂說：「當—母—親。」

頓時，我領悟到，這就是我下半生的使命，我要成爲一個稱職的單親媽媽，我要母代父職，養育我的三個孩子。爸爸不在了，媽媽還在，上帝也還在，我要繼續完成上帝對我們這一家的計劃。

我相信上帝對每一個人都有一套量身訂做的劇本，我曾經以爲，上帝量給我的劇本，是要演出一場幸福美滿的婚姻，彰顯上帝的榮耀；我也以爲，上帝爲我們家編了一套故事，是一部抗癌成功奮鬥史。沒想到，上帝的妙筆一揮，接下來，我卻要開始扮演單親媽媽的角色。

這角色難度很高，也少了先生攜手同台，更不是溫馨歡樂的喜劇，但若這是上帝給我的劇本，就一定是最適合我的，如果這是上帝的計劃，那就一定是祝福。

擦乾眼淚，我準備好要勇敢地扮演好這個上帝爲我量身訂做的角色。

不要怕，只要信！

21.

爸爸變成了天使爸爸

爸爸的離開，帶給她太多悲傷和憤怒。那天，爸爸來和她告別，爸爸的擁抱會一直留在她的心裡。爸爸不會回來了，但也從來沒有離開過。

> 我們四面受敵，卻不被困住；心裡困惑，卻不致走投無路；遭逼迫，卻不被撇棄；被打倒，卻沒有滅亡。我們身上總是帶著耶穌的死，好讓耶穌的生命也在我們身上顯明出來。
>
> ——《哥林多後書》

新手單親媽媽遇到的第一個挑戰，就是如何讓孩子知道，爸爸去了哪裡？特別是快六歲的大女兒希希，她和爸爸的感情很好，是爸爸的掌上明珠。

還記得希希三歲上幼兒園的第一天，爸爸騎摩托車送她上學，希希第一次搭乘摩托車，很興奮，一路不停地大叫著：「爸爸，我愛你……」甜滋滋的，讓爸爸的心都融化了。

我先生跟我說，這是他這輩子聽過最好聽的聲音……

爸爸擔心希希剛去幼兒園，會適應不良，不想上學，特意帶她每天提早半小時出門，先到學校附近的公園溜滑梯，玩到盡興以後再進教室，讓希希每天都很期待一早起床，就可以去公園溜滑梯。大多數的孩子一開始進入幼兒園，都會因爲分離焦慮而哭上好幾個禮拜，但是希希上幼兒園的第一週，完全沒有哭，每天開開心心出門去上學。

如果希希知道，這麼疼愛她的爸爸，竟然不告而別，她會有多麼傷心？

爸爸離開後的第三天，我邀請教會主日學的老師來家裡，要讓希希知道這個殘酷的消息。

老師對希希說：「平時老師常常在主日學說故事給小朋友聽，今天，老師要跟妳說一個天堂的故事，妳想不想知道聖經裡的天堂是什麼樣子？」

希希睜大雙眼，對這故事充滿期待。

「天堂什麼都有，但是有兩樣東西，天堂沒有，妳知道是什麼嗎？」

希希搖搖頭，老師繼續說：「第一，天堂沒有黑夜，在天堂裡，一直是白天，永遠都是亮的；第二，天堂沒有眼淚。這代表什麼意思？妳什麼時候會流眼淚？」

希希歪著頭，很認眞的想，「跌倒的時候、肚子痛的時候，還有同學弄我的時候……」

「會流眼淚，代表妳覺得痛，對不對？天堂沒有眼淚，表示天堂沒有痛苦。」說到這裡，老師切入重點，「希希，妳知道爸爸生病了，對不對？爸爸很痛，對嗎？」

希希點點頭。

「那妳希不希望爸爸不要再痛痛了？」

希希再次點頭。氣氛有些凝重，我知道到了說出關鍵字的時候了。我告訴希希，「爸爸已經好幾天沒有回家了，妳知不知道爸爸去了哪裡？」

她搖搖頭，我的眼淚開始流，爲自己接下來要說的話感到心痛。

「希希，媽媽要跟妳說，妳爸爸去了天堂……」

希希愣了幾秒鐘，然後她弄懂了我的意思，開始發狂似的大哭，哭到幾乎要喘不過氣來，持續哭了十幾分鐘。

我抱著她，陪她一起哭，知道失親的眼淚，是她一生都流不完的。

老師也在一旁安慰她，對她說：「妳哭出來，哭出來，沒有關係……」

等到希希冷靜下來，老師和她分享自己幼時失親的經歷，帶著她禱告。老師告訴她，「雖然爸爸不在妳身邊了，但妳仍舊和爸爸一起在同一個國度裡，爸爸去到了一個更好的地方，變成了『天使爸爸』，希希永遠是爸爸的寶貝。」

那天晚上，希希哭著入睡。

看著孩子受苦，我心如刀割，卻什麼也不能爲她做，我只能默默地爲她禱告，祈求上帝：「既然這事出於祢，是祢對希希、對我們家三個孩子的計劃，就求祢爲她們負責。」

連續幾天，希希都在睡前爲一些雞毛蒜皮大的小事大發脾氣，躺在床上踢著腳說：「我不要！我不要！」

我知道她的內心還無法接受爸爸去世的事實，爸爸的離開，帶給她太多悲傷和憤怒，我也時常爲先生驟逝，什麼都沒交代就走了，感到很深很深的遺憾。

沒有什麼能夠彌補這些遺憾的黑洞，除非上帝親自出手抹平我們的心。

爸爸離開後的一個多禮拜，月子褓母跟我說，「希希告訴我，她夢到爸爸了。」

我找了個機會問希希，「可不可以把妳的夢境，從頭到尾說一遍給媽媽聽？」

希希說，「我看到一道很亮很亮的光，爸爸從那裡走出來抱我，一直抱，一直抱……」

「然後呢？」

「然後就哭了。」

「是誰哭了？是妳還是爸爸哭了？」

「當然是我哭！」她用理所當然的口氣說：「媽媽，妳忘了，老師說過，天堂沒有眼淚，天堂一滴眼淚也沒有喔！」

我笑了，感到很安慰。

希希接著說，「可是，媽媽，我做這個夢的時候，我的眼睛是睜開的！」

從那天起，希希沒有再在睡前發脾氣，爸爸來和她告別，爸爸的擁抱會一直留在她的心裡。

爸爸不會回來了，但也從來沒有離開過。

22.

歡送派對

這是爸爸的「歡送派對」，爸爸到天國去了，這是一件榮耀又值得高興的事。從追思禮拜開始到結束，我們都沒忘記爸爸的心願，要為他高興，不要哭。

耶穌說：「任憑死人埋葬他們的死人，你跟從我吧！」
——《馬太福音》

三寶妹滿月的那天，也是她爸爸的追思禮拜，而一年前的這一天，正是先生癌症確診的日期。雖然先生在意外中離開，走得令人措手不及，但冥冥中，上帝似乎早已安排好這一切。

還記得先生過世的前三週，我們一起到百貨公司買熱水瓶，順便到百貨公司的美食街用餐。那時正值午餐時段，美食街人滿爲患，我們好不容易找到兩個吧檯區的空位，趕緊坐下來，這時才發現，坐在我們旁邊的，竟然是先生的兩位姑姑。其中一位姑姑，和先生的感情很好，她剛從阿根廷回來探親，都還沒約時間碰面，竟然就在這裡巧遇了！

另外一場巧遇，對象是我們新婚時在新竹的牧者。牧者夫婦很少上來台北，因爲家裡的孩子說要來看台北一〇一，才難得全家一起上台北。我們兩家人在教會相遇，一起吃了一頓飯，聊聊生活的點滴，時間彷彿倒流到六年前，又轉眼飛逝，快得讓人看不見蹤影。

臨別時，我們笑著說：「下次見面時，孩子們都不知道長多大了呢？」

先生過世的前幾天，我們得知一位遠房親戚心肌梗塞猝死的消息，我們感嘆人生無常，我告訴先生，「如果哪一天我走了，我不要讓人瞻仰遺容，我希望大家都記得我活著時候的樣子就好，你呢？你有沒有什麼要交代我的事？」

先生說：「我只有一個要求，就是如果有一天我走了，我希望大家來參加我的告別式，都要穿彩色的衣服，不要穿黑色的，大家要歡送我進入天國，要爲我高興。」他想了想，繼續說：「還有，不要花太多錢辦喪禮，把我灑在海裡就好。」

「喔，不！」我說：「海葬很麻煩耶，要先申請安排時間搭船出海，通常那都會是一堆人一起出海，完全不像電影裡演的那麼浪漫，如果是冬天，我們就要在船上受冷風吹，說不定還會暈船……」

「是這樣的嗎？我還以爲海葬只要隨便找一片海，然後把骨灰灑一灑就好了。」

「你想得太天眞了！」我趁機調侃他：「你覺得政府會任由民衆把骨灰灑在『福隆海水浴場』嗎？」

最後，我做了一個結論，「海葬太麻煩了，我看你還是跟我一樣，選擇樹葬，塵歸塵，土歸土，好嗎？」

他沒有說「不」，我就當他同意了。

再看到他的時候，他已換上了結婚時穿的那套西裝。

「我的新郎啊……」我在心裡默默地呼喚他。

冰凍後的面容，和活著時候的他相差甚遠，我幾乎認不出來那是他。他的婚戒仍然戴在手上，枕邊擺放著一串女兒親手做給他的串珠手環。

我們圍著棺材唱詩歌、禱告，止不住的悲慟，止不住的思念。

但我知道，在這空間裡，最難過的不是我，而是我先生的爸爸媽媽，白髮人送黑髮人，心都快要被撕裂了，那是多麼大的一種傷痛啊！如果我先生知道了，一向孝順的他，承受得了嗎？

可惜，死了的人終究無法爲活著的人承擔什麼，我們在世上的一切痛苦，沒有人能代替我們去承受。生命的答案，只有創造生命的那位至高者才能回答。信仰的價值，正在於它給了我們承受痛苦的力量。

好多人都來爲我先生送行，殯儀館的大廳坐滿了人。

我告訴希希，這是爸爸的「歡送派對」，爸爸到天國去了，這是一件榮耀又値得高興的事，我們要爲爸爸高興，也要謝謝這麼多愛我們的人，陪我們一起歡送爸爸。

希希問我，「我爸爸還這麼年輕，爲什麼會上天堂？」

我告訴她，「因爲爸爸特別聰明、特別厲害。每個人來到世界上，都是爲了要完成上帝給我們的任務，大多數人都要七、八十年才能完成，爸爸只花了一半的時間就完成了，所以他可以提早回到耶穌的家，享受天上的快樂。」

會場的螢幕輪播著爸爸的照片，希希穿著一件繡著桃紅色花朵的小禮服，坐在我的旁邊。

從追思禮拜開始到結束，我們都很勇敢，我們沒有忘記爸爸的心願，要爲他高興，不要哭。

隔天一早，我和家人們上陽明山，把先生的骨灰埋葬在花圃裡。我沒有忘記，他一直想要住在陽明山上，這也算是圓了他的夢。

我看著一個七十幾公斤的大男人，變成了一袋重量不到半公斤的骨灰，心中充滿無限感慨。

我們從出生到長大，總是不停在追求，追逐著更好的名次、更多的財富，尋找完美的愛情、能夠共度一生的伴侶，我們不停地想要更多更多，然而，最終我們什麼也帶不走。或許，我們在地上的日子，眞正該追求的，不是能帶走什麼，而是要留下什麼？

我望著先生的骨灰，被泥土掩蓋，成爲花朵的養分。再過一段時間，這裡會長出新的花朵來，再過幾個月，這裡也會有其他的骨灰、其他的生命被埋進來。隨著時間流逝，或許有人會記得你，也或許有人會忘記你，在時光的彼岸，在天地之間，每個人都是如此渺小和偉大，如此輕飄和重要。

埋在這裡的，不只是我先生，也是我的前半生。

過了這一天，就是一個新的開始，我要正式面對一個人的日子了。過去我總是圍著我先生轉，家裡的大事小事都由他決定，如果把我們的家形容成一艘船，他是舵手，我是助手，但是明天開始，我要自己來掌舵了，我該帶領我的三個孩子航向哪裡？

「任憑死人埋葬他們的死人，你跟從我吧！」這是耶穌在聖經裡說過的一段話，也是祂此時對我說的話。

於是，我鬆開我的手，讓祂來掌舵。

23.

想念著，感謝著，緬懷著

我們很想念爸爸，因為知道他在哪裡，所以這種想念並不帶著心碎和憂傷。我們笑著，想念著；遺憾著，感謝著；緬懷著，期盼著，仍愛著。

希望是醒著的夢。

——亞里士多德

爸爸不在了，孩子的生活勢必受到很大的衝擊？不！因爲我盡我最大的努力，讓孩子的生活維持常態。

她們照常上學、照常去公園玩，固定時間看卡通和聽故事，有時晚上睡覺前，我會和孩子們一起聊天，我們從不避諱提起爸爸，彷彿爸爸只是暫時離開一下。

某一天晚上，我問快兩歲的老二，「妳知不知道爸爸在哪裡？」

她回答：「在醫院。」

我想，從她有記憶以來，爸爸就經常在醫院。

希希糾正妹妹，說：「爸爸不是在醫院，爸爸在天上，跟耶穌在一起。」

「不，爸爸在醫院。」老二仍然堅持己見。

希希看著妹妹懵懵懂懂的樣子，忽然察覺到自己的重要性，她很得意地說：「只有我記得爸爸，等妹妹們長大了，我要告訴她們關於爸爸的事。」

「那妳要告訴妹妹，關於爸爸的什麼事？」我問她。

「嗯……」希希想了想，「我要告訴妹妹，爸爸會咬我。」

追思禮拜後的兩週，是希希的六歲生日，好多人特別來爲她慶生，她一共切了四個蛋糕，吹了四次蠟燭，還收到了好多禮物。

她開心地扮演著衆人眼中的小公主，每天都有新的玩具可以玩。但是，在第四次慶祝完六歲生日後，她還是惆悵地說：「爸爸沒有過到我的生日，爸爸沒有送我禮物！」爸爸在孩子心目中的位置，沒有任何禮物可以取代。

很多人關心我們，花時間來探望我們，家裡的訪客川流不息，我們被滿滿的愛包圍著。但是，我卻漸漸害怕親友來探訪，因爲總是一群人來了，然後一群人走了，最後留下我們母女四人，我必須要再次面對家裡只剩下我們母女四人的事實。

我刻意不在家裡吃飯，因爲一旦去到市場買菜，我就會分外想念我的先生。以前買菜時，我總是想著他愛吃什麼？什麼東西對健康有益處？現在……吃什麼，都無所謂了。

夜裡，我更是輾轉難眠，還好有小寶寶陪著我。此時，半夜爬起來餵奶、小寶寶飢餓的哭聲，反倒成了一種慰藉，保護著我的心思和情緒，讓我渡過的不是「漫漫長夜」，而是：「怎麼才睡不到幾個小時天就亮了？」

我們很想念爸爸，値得感恩的是，因爲知道他在哪裡，所以這種想念並不帶著心碎和憂傷，我們像是想念一個去遠方旅行的親人，雖然會有很長一段時間看不到他，但是終有機會再相見。

「就當他出差三十年，去天堂總部工作，如果沒意外的話，等到三、四十年以後，我也差不多要被調派回總部去了！」我對自己這樣說。

我知道先生在天堂總部，一定過得很好，就像每一家大企業，企業總部都會擁有最高檔舒適的硬體設備，在總部工作的人通常職位比較高，享有較好的福利，許多人都嚮往在總部謀得一席之地。

這麼一想，我怎麼覺得，正在出差的人，其實是我……

天堂總部是什麼樣子？希希有時會用她的畫，畫出她心目中天堂的模樣。我們也會討論，爸爸正在天堂裡做什麼？那感覺就像是我們在一樓，爸爸在二樓，雖然看不見他、聽不到他，他卻正在和我們玩著躲貓貓。

一天晚上，我們走在回家的路上，看見月亮被雲遮住了。

希希說：「耶穌的家在雲的上面，爸爸應該也在那裡吧！」

「對啊，爸爸先到天堂看有什麼好吃的、好玩的，以後我們到那裡，爸爸才可以帶我們去玩。」我刻意引導孩子往快樂的方向去想。

「我猜爸爸一定最喜歡去運動的地方，媽媽，如果妳以後到天堂找不到爸爸，妳就去運動的地方找他。」

說完，她唱作俱佳演了起來，「妳看到爸爸，就跟爸爸說：『唉呀——老公，你怎麼在這裡運動，忘了來接我啊！』」

她的語氣好三八，還故意提高八度，我平時和她爸爸說話的樣子，有這麼三八嗎？

我趁機告訴她關於天堂的啓示，「聖經上說，天堂沒有夫妻，也沒有父母，天堂裡的每個人都是上帝的小孩，所以我們都是弟兄姐妹。以後我看到妳爸爸，不會叫他『老公』，以後妳在天堂遇到妳爸爸，妳也不用叫他『爸爸』，妳要叫他的名字。」

「我要叫爸爸的名字？我要叫他Gary？哈哈哈哈……」她爆出一串誇張的笑聲。

我們笑著，想念著；遺憾著，感謝著；緬懷著，期盼著。

仍愛著。

24.

一閃而逝的甜蜜夢境

我哭著從夢裡醒過來。那不是悲傷的眼淚，那是幸福的眼淚。短短的一個擁抱，勝過千言萬語；一閃即逝的甜蜜夢境，勝過消耗又折磨的漫漫日常。

上帝要擦去他們一切的眼淚，不再有死亡，也不再有悲哀、哭號、痛苦，因為先前的事都過去了。坐在寶座上的那一位說：「看哪，我正在更新一切！」……

——《啟示錄》

我以爲自己已經可以接受先生移民去天堂的事實，我以爲經過這一年在急診室進進出出的磨練，我已經可以對生死處之泰然，沒想到我心裡仍堆積著許多尚未處理的情緒。

先生離開後的兩個多月，希希的幼兒園舉辦家庭出遊，我請朋友幫忙照顧三寶妹，我帶著老大、老二去參加學校的活動。一名熟識的家長見到我，知道我剛生產完，很熱情地跟我打招呼，「你們家老三呢？爸爸留在家裡照顧老三嗎？」

當下，我沒有想很多，直覺地回答：「不是，希希的爸爸過世了。」說完，我的兩行眼淚竟無法克制地掉了下來，像是水龍頭被打開了一樣。我淚流滿面，一時之間無法停止，惹得同學的媽媽很不好意思，以爲是自己說錯了什麼話，一直安慰我，跟我說：「對不起，提起妳的傷心事……」

對於這樣的反應，我自己也感到很驚訝。

從到醫院認屍、舉辦喪禮、火化埋葬的過程，我在人前一直都很能調適情緒，不會有太失控的表現，究竟這一串串眼淚是爲了什麼而流？打開水龍頭的關鍵又是什麼？

處理悲傷情緒就像是剝洋蔥，需要一層一層剝開。

自從先生過世後，我一直努力往好的方面去想，我爲先生沒有痛苦地離世感謝上帝，也做好心理準備，要一個人扛起家庭的全部責任，讓孩子的生活不受到影響。

我不斷告訴自己：「我可以！爲了孩子，我一定要穩住。」但是，當「過世了」這三個字從我嘴巴裡脫口而出時，我才感覺到我是多麼不想要接受這樣的結果，我多麼希望孩子的爸爸也在這裡啊！

還記得兩年多前，希希才剛上小班，我和先生第一次參加幼兒園舉辦的活動，只見幼兒園裡上百個孩子都穿著一樣的制服，一時之間還眞的分不出來誰是誰呢！

那時，先生拉著我的手，伸長脖子四處尋找，「我們的希希呢？」

但是，從現在起，這三個孩子就只是「我的」孩子了，儘管有許多親戚和家人疼愛她們，但這世界上再也沒有一個人會和我一起看著這三個寶貝，自豪又滿足地說：「看哪！我們的孩子。」

我強忍心中的惆悵，擦乾眼淚，我仍要在孩子面前，扮演一個快樂的媽媽。有快樂的媽媽，才會有快樂的孩子。

我還是很想要再見他一面，還是有很多話想要對他說。

有一個晚上，我夢到我們回到了新婚時住的地方，那是我們的第一個家。他穿著一件白襯衫，坐在餐桌前，我走過去，從背後緊緊擁抱他。

三寶妹滿三個月大的那晚，我也再次夢到了他。他一隻手抱著我，另外一隻手抱著三寶妹，連三寶妹的躺枕一起擁入懷中。他用非常溫柔的眼神望著我們，我哭著從夢裡醒過來。

那不是悲傷的眼淚，那是幸福的眼淚。

很好！以後我們就用這樣的方式相處吧。

比起從前我們爭執不斷，相處時必須小心翼翼地看對方臉色，關係充滿緊張的壓力，我覺得現在這樣的相處方式反而更好。短短的一個擁抱，勝過千言萬語；一閃即逝的甜蜜夢境，勝過消耗又折磨的漫漫日常。

這兩個夢，彌補了我心裡的遺憾。對於先生的不告而別，我始終感到遺憾。我以爲，我們會有一場病床邊的臨終道別，我以爲，我們至少還能好好地說再見，但是在上帝的劇本中，卻沒有寫下這幾場戲，讓我們的愛情故事在峰迴路轉的劇情發展中戛然而止。

但若有機會可以好好道別，我想要對他說些什麼？什麼也不用對他說，他都曉得；什麼也不用告訴我，我都記得。我只想和他緊緊相擁，如同夢中的我們。

第三次夢到他，是三寶妹滿四個月大的那晚。

我夢到一大片青翠的草原，草地和空氣中都佈滿金粉，那畫面美得令人不自覺地流淚。我看到我先生一個人在那裡，手裡拿著一台單眼相機，對著草原上的美景，按下快門。他看起來很年輕，悠閒愜意地拿著相機，似乎樂在其中。

過去我從來沒有看過他這個樣子，他並不愛好攝影，對研究機器的熱情大過欣賞美景。有幾次，我們帶著相機出遊，他總是不斷研究相機的各種功能，根本無法好好享受眼前的風景，我們甚至曾爲了拍照取景的角度意見不合，在旅途中冷戰了好幾天……

人在世上，有太多盲點和堅持；到了天上，反而能獲得自由，盡情享受

上帝的恩典。

或許沒能陪伴孩子長大，會是他此生最大的遺憾。但是，從另外一個角度來看，雖然他沒能爲孩子摘下天上的星星，沒能伴我去到天涯海角，但是他卻帶著我和孩子們，去到了天堂，窺見了天堂的一隅。

對一般人來說，天堂十分遙遠虛幻，但是對我們一家人而言，天堂是如此眞實靠近。

天上地上，終歸於一。因爲有這麼美好的盼望，所以我們很難沉浸在悲傷裡。

至今已有一段時間，我沒有再夢到他。

日出又日落，日子一天天過去，我也越來越接近他所在的地方。

25.

一切都是最好的安排

上帝精心挑選的時機，背後隱含著祂對我們一家的愛。既然人生在世，不如意事十常八九，那麼，我們就努力去記得那一兩件好事吧！

我實實在在地告訴你們，一粒麥子不落在地裡死了，仍舊是一粒。若是死了，就結出許多子粒來。

（約翰福音 12：24）

我們現在住的房子，是我先生一手設計的。地板的無毒材質、櫥櫃的圓角、室內空氣循環淨化系統……全部專爲孩子打造，每一處細節都顯示他對孩子的愛。

這麼好的爸爸，爲什麼上帝不讓他留在孩子身邊？這麼聰明有才華的人，爲什麼上帝卻讓他英年早逝？

上帝的心意，人無法測度。先生剛離去時，我也曾生上帝的氣，對著上帝怒吼說：「我希望他能好好活著，無論要付出多少代價，我都願意，爲什麼祢卻要把他帶走？」

出乎意料之外，上帝悠悠地回答我：「如此大的代價，妳付不起。」

當時，我不明白上帝這麼說是什麼意思，一直到我坐完月子，正式開始三寶媽的生活，每天忙碌的照顧三個孩子，又要挑起經濟大樑，一刻無法鬆懈，我才漸漸明白上帝的美意。

一打三已經讓我疲憊不堪了，如果還要照顧先生，我如何承受得了？就算我練就一身像小丑般同時拋接好多顆球的功力，一人身負多重責任，難免會忽略這個、遺漏那個，讓三個孩子沒有辦法得到妥善的照顧與教養。

上帝把我先生接走，讓我可以專心養育三個孩子，在經濟上，我們也可以把資源全部留給孩子，不用擔心癌症末期龐大的醫療照護費用。

我先生是個很節儉、善於儲蓄的人，他也爲孩子預備了一些教育基金，讓我短期內都不用爲經濟擔憂，可以暫時喘一口氣。

有時候，上帝容許悲劇發生，是爲了阻止更大的悲劇。

許多朋友為我們這一家感到惋惜，覺得孩子還這麼小，怎麼就失去爸爸了呢？但是，換個角度想，若是等孩子大一點，爸爸再離開，難道這樣會更好嗎？再過幾年，老大進入青春期，大腦重塑與賀爾蒙影響，讓青春期的孩子情緒反應特別敏感，如果到時才面臨失怙之痛，衝擊力一定比現在還要強大好幾倍！萬一那時我沒有處理好，未來要付出的代價，相信全天下的媽媽都付不起。

至於老二和老三，她們還懵懵懂懂，不明白發生了什麼事，現在失去爸爸，傷害或許是最小的。雖然缺少和爸爸累積回憶的機會，但是她們也不需要承受失去的痛苦。心中空缺著的爸爸的形象，就由她們將來的另一半來彌補吧。

上帝精心挑選的時機，背後隱含著祂對我們一家的愛。一切都是最好的安排。

希希從幼兒園畢業了，她收到了爸爸送給她的畢業禮物——整個暑假的直排輪課，這是爸爸在生病之前，答應要讓她學的。

爸爸的衣櫥擺滿了三個女兒的衣服，爸爸的書房也給升上小學的希希使用。雖然少了爸爸的陪伴，爸爸的愛卻繼續孕育滋養著他的孩子，等到孩子們長大以後，回過頭來看，她們不是沒有爸爸的孩子，因爲她們每一天都享受著爸爸的愛，在爸爸的呵護下成長。

比起許多單親家庭，父母吵架、外遇、家暴、離婚……我們的家庭實在太幸福。

既然人生在世，不如意事十常八九，那麼，我們就努力去記得那一兩件好事吧！

我把先生留下來的鞋子，裝了兩大箱，捐贈給「舊鞋救命」慈善組織，這個組織會幫忙把鞋子運送到非洲，讓當地人有鞋子可穿，避免致命的沙蚤寄生於腳上。

這兩大箱鞋子中，有不少是先生剛買回來的，都還來不及穿出門呢！我想，收到這些鞋子的人，一定會覺得很開心吧。我們家的壞事，若可以成爲別人家的好事，這也算是打平了。我想像著在非洲艷陽下，某位男孩收到新鞋子，樂不可支的畫面。

原來整理遺物也可以是一件快樂的事。

26.

努力記取每個珍貴的回憶

放鬆、放手、交託，不要為明天憂慮，我珍惜每一刻陪伴孩子的時光，努力記取每個珍貴的回憶。

> 生活不可能像你想像的那麼好，但也不會像你想像的那麼糟。我覺得人的脆弱和堅強都超乎自己的想像，有時，我可能脆弱的一句話就淚流滿面，有時，也發現自己咬著牙走了很長的路。
>
> ——莫泊桑《羊脂球》

如果再重來一次，我還會選擇他作爲我的終生伴侶嗎？

坦白說，如果早知道會是這樣的結局，或許我當年根本沒有勇氣踏入婚姻，寧可從來不曾擁有，也好過擁有過再失去。

但若我當初沒有做這個決定，我也無法親身體會婚姻的價值、婚約的可貴、夫妻之間的完美契合，更不會擁有三個可愛的寶貝，享受爲人妻的榮耀、爲人母的喜悅。這些事物太過美好，即使有天終將會失去，也好過從來不曾擁有。

那麼，如果當初我不是嫁給我先生，而是嫁給其他人呢？會不會就有不一樣的結局？

雖然從前發生爭執時，我曾對我先生說過不下十次：「我怎麼會嫁給你啊？」但是我心裡很清楚，若不是他，我也不會興起想結婚的念頭。我無法想像要和另外一個人一起生活，無法想像牽著我的手的人不是他，唯有他，才能讓我渴望有個家。

我不知道若男主角換成其他人，故事會不會有不一樣的結局，但若男主角換成別人，那麼，女主角也一定不會是我。

只要他在我身邊，我就有一種安心的感覺。

我是一個很好強的人，有淚不輕彈，不喜歡在人前表現出脆弱的樣子，旁人的關注，會讓我感到很不自在。但是在他的面前，我就像是一個小女孩，可以卸下包袱，展露真實的情緒。

還記得有一次，我在工作中遇到了很大的挫折，我忍著委屈的情緒離開辦公室，和當時還只是男朋友的他，相約在捷運站。路途上，我在電話中告訴他我遭遇到的事情，他在電話那一頭，比我還心急。

我們沒有約好確切的碰面地點，但是當列車到站時，車廂門一打開，他竟然就站在車門外。

我走到他面前，隱忍多時的眼淚瞬間潰堤，我把臉埋在他的胸膛，不想讓路人看見，然後很釋放、很安心的，在人來人往的捷運站中，盡情地大哭。他胸膛的溫度，我至今都還能感覺得到。

他離開以後，那份安心的感覺不見了。

我開始對每件事情都感到恐慌，每當接到陌生的來電，我就全身僵硬，彷彿回到了那晚接到噩耗的那一刻。我不敢關燈睡覺，帶孩子出門也總是緊張兮兮，做什麼都覺得不踏實……

許多關心我們的親戚朋友都千交代萬叮嚀，告訴我：「妳一定要把自己的身體照顧好啊！萬一妳倒了，孩子怎麼辦？」讓我更是時時保持警戒，不敢放鬆，連過馬路都特別留意來車，小心翼翼。

我的肩膀，彷彿扛著雙倍的重擔。心理影響生理，我頭部開始出現暈眩的症狀，一週比一週更頻繁，止痛藥越吃越多，卻越來越不見效果。

經過醫生診斷，發現我的暈眩症是起源於我長期保持備戰狀態，姿勢不良，導致左肩前傾，連帶影響了頸部和頭部的血液循環。

我開始進行物理治療，做運動矯正肩頸的姿勢，設定鬧鐘，每一個小時都提醒自己要活動放鬆筋骨，慢慢地調整自己生活的節奏。

看，你不在了，我連自己都照顧不好，要怎麼照顧我們的三個寶貝？

希希看到我時常臥床休息，擔憂地問我：「媽媽，爸爸死了，萬一妳也死了，我該怎麼辦？」

我望著她的眼睛，很堅定地說：「要是有一天，爸爸媽媽都不在妳身邊了，不要忘記，上帝永遠都會陪著妳。」

眞的是這樣嗎？

眞的是這樣。

那麼，我又何必杞人憂天呢？雖然每個父母都希望孩子能夠永遠幸福快樂，但我必須承認，父母能爲孩子做到的，其實很有限。我沒有辦法爲孩子打造一生的幸福，只有上帝能引領孩子一生的道路。

我練習調整自己的身體姿勢，也試著調整自己的角色定位。

放鬆、放手、交託，不要爲明天憂慮，「不要忘記，上帝永遠都會陪著妳。」我也這麼對自己說。

單親媽媽需要有堅定的信仰，再加上一點幽默感。如果有一天，我也倒下了，孩子該怎麼辦？遭逢先生戲劇化的離世之後，我不敢保證，「我運氣沒有那麼差，絕對不會發生那種事！」我知道，我的生命不是掌握在自己手中，如果眞的有那麼一天，我也不能陪著孩子長大，那麼，她們只好去演「星星知我心」囉！

朋友說，我是「悲觀的樂觀者」，因爲我總是做最壞的打算，然後抱最大的希望，做最好的準備。

我珍惜每一刻陪伴孩子的時光，努力記取每個珍貴的回憶。

夏天來臨，希希從幼兒園畢業了。學校在畢業典禮中安排了感謝父母恩的成長禮，每個畢業生要把自己親手做的小熊送給家長。

在舞台絢麗的燈光下，我抱著穿著學士服、少女味十足的希希，感動中參雜著些許罪咎感。我不禁想到：我何德何能，竟能陪伴在我可愛的孩子身邊，看著她們長大？爲什麼她們的爸爸沒有機會看到這些了，而我卻可以？

終歸一句老話：活著眞好。

當然，一個人扛起整個家，還是有許多辛苦的時候。

先生經營的公司，倉庫裡的貨需要整理，爲了熟悉公司的業務狀況，我沒有假手於他人，自己搬了兩百多公斤的貨，隔天全身「撒隆巴斯」伺候。家裡的冰箱門突然打不開、嵌入式烤箱的電源跳電、浴室的水管堵塞、廚房出現蟑螂大軍……一再考驗著我解決問題的能力。

最令我感到困難的，是更換空氣清淨器的濾網。我們家的空氣清淨器，裝在天花板上，該品牌沒有到府換濾網的服務，用戶必須自行更換。在換濾網之前，我得先把一塊大約一平方公尺大的天花板拆下來。

我站在梯子上，把雙臂舉高，勉強才碰得到天花板。可想而知，要拆卸頭頂上沉重的天花板，對我這個笨手笨腳的主婦來說有多麼困難。

我試了好久，弄得手臂發痠、汗流浹背。當我終於成功拆下天花板時，不禁轉頭對著窗外的天空，開心地大叫：「你看，我做到了！」

我感覺他正在二樓，看著我，爲我按讚。

這就夠了，這就夠了。擁有他眞摯的愛、忠貞的愛、一生一世的愛，這就夠了。

低樓層的生活，難免塵土飛揚、烏煙瘴氣，眞不是人過的！但我知道，他正在樓上爲我加油打氣，我不是一個人，我有「隱藏版神隊友」，所以我不需要自憐，沒必要負面，也不想浪費時間在一些沒有意義的事情上，連眼淚，都能省則省吧。

等到很久很久以後的那天，我也搭上了通往天堂的列車，列車到站，車門打開時，我會不會看見，你就站在我面前？

到時候，我要把臉埋在你的胸膛，靠著你，好好地哭一下。

註：「星星知我心」是一九八〇年代紅極一時的台灣連續劇，主角為五個孤兒，劇情溫馨感人，在當時引起很大的迴響。

27.

天堂與人間永恆的交集

雖然我不知道天堂的地址要怎麼寫，但我相信你一定收到了，因為天堂與人間永恆的交集，叫做「愛」。我們的愛，你都收到了，對嗎？

求祢指教我們怎樣數算自己的日子，好叫我們得著智慧的心。

——《詩篇》

親愛的老公：

相信你在樓上，遇見了一些很棒的人吧？

我和希希常常望著天空，想著：「爸爸現在在做什麼？」「爸爸在哪一朵雲的上面？」

希希說：「爸爸那麼重，一定會從雲上掉下來，我們要小心，不要被爸爸撞到頭啊！」

我們的生活中仍充滿著你。

你離開以後，我一個人慶祝了我們的結婚紀念日，帶著孩子們慶祝了父親節，也讓孩子們陪我慶祝了我的生日……原來一年之中有那麼多值得慶祝的時刻。

本來我以爲，我會因爲你不在身邊而感到失落，但是我發現，我一點兒都不難過，因爲我們能夠擁有這些紀念日，代表我們曾經獲得的恩典，絕對比我們所承受的苦難要來得多。

每個紀念日都提醒我要感恩，我感謝上帝讓我成爲你的妻子，我感謝上帝給了我們三個寶貝，也感謝上帝帶走了你……

我不是故作堅強，或是強逼自己要往正面思考，而是眞的發自內心覺得感恩——爲你的死感謝上帝。

知你如我，你是那麼的追求完美，不甘示弱。即使生病之後，你仍想要保持勇者的形象，連躺在病床上也持續抬腳練腹肌，住院吊點滴也要爬樓梯鍛鍊體力，你是生命的鬥士，使盡全力活出每一天的精采，但是也一刻無法鬆懈，活得好累、好緊繃、好辛苦。

你一直渴望找到一處安歇之地，嚮往遠離煩囂、遺世絕俗。我們結婚以來，搬了四次家，從這個城市搬到那個城市，從兩個人的行李到四個人的家當，你在臉書上感慨地寫下：「何處是我家？我只知道，我的家，在天上。」

或許天堂正是最適合你的地方，你的個性耿直，嫉惡如仇，眼裡容不下一粒沙。這個世界太黑暗混亂，唯有天堂潔白無瑕；這個世界有太多似是而非的歪理，唯有天堂裝滿了你追尋的真理；這個世界惡人當道，唯有天堂天理昭彰。

你是屬於天堂的，那裡沒有仇恨，沒有鬥爭，沒有奪權，沒有邪惡，沒有不公義的事。那裡是基督徒最後的歸宿，也是更美的家鄉。我想你在那裡，一定比在地上的時候更快樂。

不知道在天上的你，看得到地上的人物和風景嗎？我總是想像著，你正拿著望遠鏡，站在高處觀看著我們。

如果你看得見的話，你一定不會錯過三寶妹的第一次翻身、第一次扶著床欄站起來。

九個月的她，正在牙牙學語，發出「爸—爸—爸—」的聲音，我告訴她，我是「媽媽」，要叫「媽媽」。她不理會我，反而抬頭望著天花板，繼續固執地發出「爸—爸—爸—」的聲音，我想，一定是你趁我不注意的時候，偷偷教她的吧？

你總是能讓孩子跟你成爲一國。

暑假的時候，我們去宜蘭家族旅遊。在普悠瑪列車上，老二暈車，一路都賴在我身上要我抱，我抱了快一個小時，兩隻手臂都發麻了。一下車，她竟然吐在我身上！

如果你在的話，抱她的人應該就是你。看，你躲過了什麼？

我的爸爸是老一輩的人，他說，孩子還那麼小，你肯定走得不安心。我知道你也寧可放棄天上的福樂，留在地上和我一起陪伴孩子成長，無論被她們如何折騰，你都甘願。

但是，既然上帝決定把你帶走，我們也只能接受這個安排，相信雖然故事的劇情沒有按照我們期待的方向發展，但結局必定比我們想像的更精采。我們的孩子雖然在不完整的家庭長大，但是她們卻擁有爸爸媽媽完整的愛。我們的家並沒有因爲你的離開而破碎，相反的，我們的家擴張了，從地上拓展到天上，爸爸在哪裡，家就在哪裡。

希希上小學後，學會了注音符號。她寫了一封信給你，用注音拼出：「把拔，我很想你。」

我答應她要幫她把這封信寄給你。

雖然我不知道天堂的地址要怎麼寫，但我相信你一定收到了，因爲天堂與人間永恆的交集，叫做「愛」。我們的愛，你都收到了，對嗎？

讀完信以後，記得回信給希希。

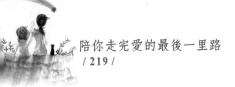

今年的冬天來得很晚，都十一月了，有時氣溫還高達三十度。不知道天堂的天氣怎麼樣？天堂有四季之分嗎？天堂看得到雪嗎？

一如既往，你一定會故意賣關子，語帶神秘地對我說：「不—告—訴—妳！」你就是這麼幼稚！

一如既往，我也一定會假裝不在乎，輕描淡寫地說：「其實我也沒有很想知道。」

我知道，過一會兒，你就會主動來找我聊了。

我在等你。

28.

比幸福更幸福的結局

苦難讓青蛙假冒的偽王子，成為真正的王子；也讓公主不再受壞巫婆挾制，從裡到外都煥然一新、高貴無瑕。這難道不是另外一種幸福快樂的結局？

苦難若有意義，是因為有上帝。若沒有上帝，苦難是個無處申訴、不公平的命運。
——當代物理學家黃小石

雖然早知道王子公主結婚後，不會一直過著幸福快樂的日子，但我怎麼也沒想到，我在婚姻裡流的眼淚，竟然會這麼多。

有時看見別的夫妻在臉書上「放閃光」、「曬恩愛」，我也會忍不住問上帝，爲什麼別人可以擁有幸福的婚姻，我的婚姻卻是多災多難、辛苦又坎坷？爲什麼我和我先生都是信靠上帝的基督徒，上帝卻似乎沒有保佑我們，讓我們順利亨通、心想事成？

步入婚姻之前，我是擁有高學歷、高顏值、優渥薪水的「黃金單身女」，經歷了婚姻的洗練，如今我成了死了丈夫、拖著三個孩子、令人同情的「孤兒寡母」。

我的人生看似跌到了谷底，沒有任何人會羨慕我這樣的際遇。

然而，上帝卻問我：「妳覺得現在的妳，對別人比較有幫助？還是以前的妳，比較能夠祝福其他人？」

我想起從前的我，像是一隻漂亮的孔雀，經常展現光鮮亮麗的羽毛，吸引別人的注目，但是，我不能把我的幸運分享給別人，也沒有辦法把別人變得和我一樣好命。換句話說，我是隻中看不中用的孔雀，很難對人提供實質的幫助。

但是現在，我在別人眼中是個苦命的單親媽媽，我能理解單親媽媽的辛苦，我也知道家中有人患重病的感受，我經歷過失去親人的悲慟，我知道如何陪伴別人走過憂傷的流淚谷。

苦難給了我安慰別人的能力。

先生走後幾個月，有一位他生病期間認識的癌友也離世了。我去探視那位癌友的太太，她和我年紀差不多，有兩個孩子，都正在讀小學。我們從自己心情的調適、喪禮的安排，一路聊到未來家庭財務的規劃、如何陪伴孩子渡過失親的傷痛期……聊了兩個多小時。她說：「別人都只會叫我不要難過，只有妳了解我真正的需要。」

有些事情，只有經歷過的人，才會懂。

我離開前，她還對我說，「本來看著我們家兩個孩子，我覺得自己好慘喔，但是當我看到妳有三個孩子，而且孩子都還那麼小，我覺得妳更慘，跟妳比起來，我一點都不慘。」

我大笑，很欣賞她的直白。想不到我的不幸，竟然能夠讓別人感到幸福！

比起一帆風順、不知人間疾苦的輕狂年少，我更喜歡現在的自己。

我不再是「人生勝利組」，我成了一個「有故事的人」。我有好多生命經歷，可以與人分享，也有好多傷疤印記，見證生命的強韌力量。

苦難是一座高山，一旦翻越過去，苦難就成爲我們心靈的產業，讓我們擁有更高、更開闊的視野。

上帝藉由苦難熬煉我們，讓我們摸索出超越苦難的秘訣，也擁有勝過苦難的力量。

有一位神學家將苦難形容爲一把刀，可以用來砍掉路途上的荊棘，也可能會被利刃所傷，端看人如何使用它。

若是握著刀刃，我們就會被刀刃割傷；握住刀柄，我們就能控制它、使用它。

苦難來了，如果只是專注在困苦的難題本身，拼命去想「這有多苦、有多難」，而不去看苦難背後的意義，那就像是在抓刀刃，必定會被刀刃所傷；但若我們不把焦點放在苦難之上，轉向去看見苦難的背後，還有一位上帝在掌管一切，相信上帝會把苦難化爲祝福，這就是在抓住刀柄，我們可以使用這把刀子成就大事。

上帝給了我一把又大又重的刀子，同時教導我要提高警覺，放對焦點，去抓住刀柄，等到我把刀柄抓穩了，我這才發現上帝放在我手中的，原來是一把倚天劍、屠龍刀！苦難的目的，其實是要讓人得到寶藏，而且是價值連城的稀世珍寶。

天大的苦難，也不過是條尋寶的旅程，如此而已。

回顧這段辛苦的旅程，我從中摸索出些許在逆境中生存的智慧，也獲得了珍貴的生命禮物，如果要說苦難會帶給人什麼樣的副作用，我想，就是讓人不再天眞了。

我不再嚮往浪漫的愛情，也漸漸不喜歡看童話故事。一方面，是因爲不相信王子和公主結婚後，就會一直過著幸福快樂的日子；另外一方面，是這樣的劇情發展了無新意，生活總是要有高有低，才會比較有勁兒。

或許，王子和公主的愛情故事還可以有另外一種結局：

王子和公主結婚後，遭遇了許多挑戰和考驗，王子生了重病，公主過著比傭人還不如的艱苦日子，然而，苦難像水一般，洗淨了他們心靈上的灰塵，也像火一樣，煉盡他們生命裡的雜質，使他們成爲美玉和精金。

苦難讓青蛙假冒的僞王子，成爲眞正的王子；也讓公主不再受壞巫婆挾制，從裡到外都煥然一新、高貴無瑕。

這難道不是另外一種幸福快樂的結局？

對我來說，這是比幸福更幸福的結局。

29.

愛，永遠不會止息

或許我們所愛的每一個人、每一件事，有一天都會離我們而去，但是相愛過的痕跡，卻會以各樣的形式停留在我們身上。愛，永不止息。

> 世上一切如過眼雲煙，我深深知道，祢未曾改變；我揚聲單單要敬拜，專注祢榮耀彰顯；世上一切如過眼雲煙，我願常在祢裡面。
>
> ——磐石音樂《我願常在祢裡面》

聖誕燈飾亮起，這是一年當中，我們全家人最喜歡的一個節慶。

希希在刷牙的時候和我閒聊，她說：「我已經想好，我要跟聖誕老公公要什麼禮物了！我希望聖誕老公公可以讓我天天都夢到爸爸。」

「那可能有點困難喔！」我開玩笑地說：「因爲爸爸會來我夢裡找我，沒時間去找妳。」

「不，爸爸應該會先來找我，因爲爸爸比較想我。」

「妳怎麼知道爸爸比較想妳？」

「因爲妳跟爸爸已經認識很久了，爸爸比較晚認識我！」

這是什麼邏輯？難道妳不知道，感情是沒有分先來後到的嗎？

我和希希爭論不休，儘管男主角已經離開了，大情人和小情人的戰爭仍舊持續著。

最後，希希下了個結論，她說：「我覺得，爸爸應該最想念三寶妹，因爲爸爸最晚認識三寶妹。」

說完後，她的小腦袋瓜立刻又想到，「三寶妹長了五顆牙齒，爸爸知道嗎？」

「我覺得爸爸在天上，應該什麼都知道吧！」我趁機跟她開玩笑，「所以妳調皮、亂發脾氣的時候，爸爸一定也會知道。」

「沒關係，就算爸爸知道了，他也不會生我的氣，因爲在天堂的人是不會生氣的。」她一邊扭著屁股一邊說：「所以我可以繼續調皮、搗蛋，我才不怕被爸爸知道呢！」

很好，就繼續調皮、搗蛋，做妳本來的樣子吧！

就像妳爸爸還在的時候一樣。

在這一年當中，雖然我們失去了一個很重要的人，但是我們卻被許多人的愛包圍著。

教會有很多我認識的、不認識的弟兄姐妹奉獻金錢給我們，讓我可以沒有後顧之憂地打理治喪事宜。

也有好幾位姐妹，知道我一個人要照顧三個孩子，主動輪流在晚上和週末時前來支援我。其中有一位姐妹，在我找到適合的褓母前，經常陪我照顧孩子到深夜十一點，等三個孩子都睡了，她才回家，隔天早上七點，又來幫忙我一起送三個孩子出門。

還有幾位同樣身爲媽媽的朋友，特地帶著她們家的孩子來陪希希玩積木、做烘焙，讓希希不會因爲媽媽忙著照顧妹妹們，而感到自己被忽略。

很多人關心我的健康，送給我各式各樣的補品禮盒。最令我感動的，是一位罹患癌症的姐妹，自己都還在和疾病抗戰，卻花了十六小時，親手燉了一鍋老火煲湯，送來給我。

我喝著那碗鮮美濃郁的雞湯，感動得熱淚盈眶。

父親節那晚，教會的牧師專程送來蛋糕，讓孩子們在奶油和糖霜的甜蜜滋味中，很開心地度過了第一個爸爸不在身邊的父親節。

而我的家人，更是始終守護在我的身邊，在精神上、經濟上，都成爲我的後盾，經常送來新鮮的有機蔬菜、多到吃不完的水果。每次回娘家，媽媽就對我說：「放下孩子，去睡一下！」我或許不是一個幸福的太太，但我是一個幸福的女兒。

上帝不偏待人。

聖誕夜，和往年一樣，我們全家出動一起去飯店報佳音。

兩歲半的老二穿著一襲白色紗裙，首次加入「聖歌小天使」的行列。她非常興奮，已經在家認真練習了兩個多禮拜，雖然她哼哼啊啊的不知道在唱些什麼，但是看得出來，她十分樂在其中。

我在台前欣賞她的演出，不禁想起，「如果妳爸爸還在的話，看到妳這個樣子，一定會非常高興吧。」

我知道，以後每個重要的日子，這句話都將會是我心裡的獨白，也會是我擦不掉的遺憾、填補不了的空白。

人生中有些缺憾，是無法改變的。值得慶幸的是，這只是人生的一部分，不是全部。

按照我們家的傳統，聖誕節人人都有禮物。

希希沒有夢到爸爸，但是她收到了她一直想要的「有好多個按鈕的鉛筆盒」，妹妹的禮物則是一個超大的磁性畫板，三寶妹收到了一個音樂響鈴。希希很開心地說：「聖誕老公公好厲害，他竟然知道我們家今年多了一個寶寶！」

大人們也有禮物，因爲我們在過去的一年也都表現得很棒！媽媽去年的聖誕禮物是一台無線吸塵器，今年的禮物則是一台乾衣機。當然，這些禮物都還會附上一張信用卡帳單。

「那爸爸的禮物呢？」希希在聖誕樹下搜尋一番。

「爸爸不用禮物，爸爸在天上什麼都有。」說完，我還是忍不住說出了心裡的那句詠嘆，「如果妳爸爸還在的話……妳覺得他會想要收到什麼禮物呢？」

「我們！」希希立刻回答，想都不用想。

她還補充說明：「是我們三個小孩，還有媽媽喔。」

看來，她是眞的以爲她爸爸愛她勝過於愛我呢！

「那我們趕快把自己打包好，送去給爸爸吧。」我用被單蓋住三個寶貝，作勢要把她們包裝成禮物，我們在被單裡笑成一團。

每一次想起爸爸，我們也想起了這份被愛著的感覺。

或許我們所愛的每一個人、每一件事，有一天都會離我們而去，但是相愛過的痕跡，卻會以各樣的形式停留在我們身上。

愛，永不止息。

故事還沒有結束。

改變心境，就能改變你的處境

黛恩編著

心境
決定你的處境

Situation depend on your state of mind

全集

迪斯雷利曾經說過：**「人類難以控制環境，卻能掌控自己的心境。」**
的確，人的處境，不論是順境、逆境或困境，往往由心境做決定。我們身處什麼樣的環境，或許不是我們可以決定和掌握的，但是，只要懂得適時調整自己的心境，絕對可以藉由改變心境，來改變眼前困頓的環境。

將偏執放下，
快樂就在腳下

該放下的時候就放下 全集

ust let it go

千江月=編著

丁曾經寫道：「塵世的稱頌只是一陣風，一時吹到東，一時吹到西，
變了方向就改變了名稱。」
實如此，人生在世，為了那些可有可無的名聲、地位、財富而執著，是很可笑的事。
多事情，該放下的時候就要放下，如此你便會發現，其實快樂就在自己的腳邊。

王渡—編

不要為了小事浪費自己的生命

別為小事折磨自己 全集

Don't Waste Your Life to care minor matter

改變心態篇

伊索曾經在預言中寫道：
「有頭腦的人如果夠聰明，往往會把折磨自己的小事，化為成就大事的動力。」
的確，一個有智慧人絕對不會為了小事而折磨自己，因為在他的人生字典中，
沒有一件小事可以左右自己的想法和看法。

生活良品

05

你在黑夜中閃耀

作　　者　黎詩彥
社　　長　陳維都
藝術總監　黃聖文
編輯總監　王　凌
出 版 者　普天出版社
新北市汐止區康寧街 169 巷 25 號 6 樓
TEL / (02) 26921935 (代表號)
FAX / (02) 26959332
E-mail：popular.press@msa.hinet.net
http://www.popu.com.tw/
郵政劃撥 19091443 陳維都帳戶
總 經 銷　旭昇圖書有限公司
新北市中和區中山路二段 352 號 2F
TEL / (02) 22451480 (代表號)
FAX / (02) 22451479
E-mail：s1686688@ms31.hinet.net
法律顧問　西華律師事務所・黃憲男律師
電腦排版　巨新電腦排版有限公司
印製裝訂　久裕印刷事業有限公司
出 版 日　2019 (民 108) 年 2 月第 1 版
EAN◉978-986-389-580-0　　條碼 978-986-389-580-0

國家圖書館出版品預行編目資料

你在黑夜中閃耀／
黎詩彥著.—第 1 版.—：新北市,普天
民 108.2 面； 公分. -（生活良品；05）
EAN◉978-986-389-580-0（平裝）

普天之下・盡是好書

普天 出版家族
Popular Press Family

凌雲 文創
A Plus Creative Company

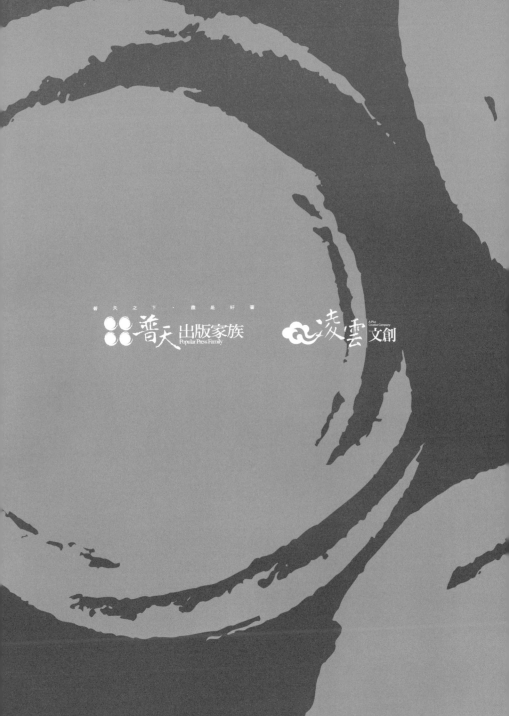